常青斋诗稿

陈加文◎著

山西出版传媒集团
三晋出版社

作者简介

陈加文，又名陈嘉文。1932年生。山西省临猗县崇相西村人。曾任干部学校和高中老师、县教育局干部。曾于《诗刊》、《黄河》等报刊发表诗、论文、故事等800余篇。出有诗集《雪色的爱》、《阳光的旅程》等八本书。诗词入选《中国红色诗词精选》、《海峡两岸诗词家大辞典》等全国多种典籍，并三十多次获奖。现为山西省作家协会会员、山西省诗词学会会员，《中华当代名人大辞典》入录者。

写在前面

要写好诗，首先应精通辩证唯物主义哲学之精髓，一曰唯物，二曰辩证，不然就无法洞悉宇宙之一切——特别是物与人之关系，无法正确理解诗之渊源与诗之规律，无法捕捉物象蕴含之情之理，也就无法写出动天地泣鬼神的广为流传的不朽之作。

诗之最好，是借助物象——借助具有言外之意或言外之情的物象，以表达诗人对客观事物之主观感受，也就是通常所说的诗中不能没有我。应引以注意的是，诗人在表达这种主观感受时，必须进行多角度、多层面之自觉审视，最好将自我感受与国家、民族和人民的命运融为一体，如斯，效果便会愈好。

诗之气魄，当然取决于个人胸襟，但不能不与创作方法有关。放眼古今中外，凡是现实主义与浪漫主义相结合所孕生的孩子，其神韵大都非同凡响，如毛泽东的诗词《蝶恋花·答李淑一》等。

“先天下之忧而忧，后天下之乐而乐”，永远是诗人的必修课和诗之光芒四射之不朽灵魂。

一首诗中，警人之句与警人之字，这些一如点石成金的点睛之笔，可给人以震撼和启迪，但此类警句和警字不能太多。就像一位漂亮的姑娘，有一双闪亮的眼睛，固然撩人情魄，但如果这姑娘浑身长满眼睛，那将给人一种什么样的感受，是可想而知的。

一首诗出阁之前，作为生母的诗人，要用多种感受进行反复咀嚼，咀嚼出女儿的优美与不足，然后给以肯定和重塑。不经过反复咀嚼的诗，很难成一个好媳妇，登上天下口碑的殿堂。

我之诗追求：一、诗源宽泛；二、内涵深广；三、抒情流水；四、蕴理自然；五、形象鲜嫩；六、语言新奇；七、构思巧妙；八、手法浑然；九、格调高雅；十、韵律严谨。

目　录

第一集　情空之雁阵

第二集　微笑之山水

第三集　醒神之闲茶

第四集　多味之风采

第五集　梦色之境界

第六集　阳光之雅怀

第一集　情空之雁阵

忆鹤雀楼（外二首）

游目古名楼，人生不觉愁。
心随山势转，情逐大河流。

会友飞云楼

一别飞云去，行将五十年。
当初风度在，依旧柱长天。

常青斋读诗

户外青枝鸟语嘤，庭堂挂表马蹄轻。
行间字里游山水，塔海楼峰别有情。

（刊于2010年5月号上半月《诗刊》）

绝句二首

玄　境

根壮江山翠，心童不觉冬。
寒流壶口浪，雪野品春钟。

雅　怀

漫入黄昏域，神仙伴后前。
云霞当美酒，野径做琴弦。

（刊于 2006 年 6 期《黄河》）

少林寺塔林（外一首）

翠林巍似塔，赭塔直如林。
运步清幽处，恍然佛在心。

夜宿嵩山三皇寨

悠游山寨满眸葱，夜饮情飘图画中。
岚谷远帆[1]吟雅韵，碧空明月挂高风。

（刊于 2009 年 4 期《黄河》）

①远帆，指空中过山车。

奥运冠军嵌名诗四首

举重冠军陈艳青

泸州佳酿贵于陈，三隐三浮两挂金。
眼下杠铃花朵艳，欣同华夏写青春。

乒乓球冠军张怡宁

乒案棋盘友善场，削拉钩扣巧攻防。
冠军四度缘何在？情致怡宁乃要方。

举重冠军张湘祥

豪气高擎日月轮，多年修炼夜连晨。
湘祥泡在国歌里，泪闪金光望友亲。

跳水冠军陈若琳

空中腾转若飞轮，十载珠峰堆苦辛。
面对高强同止水，琳琅一闪再拿金。

（刊于2009年3月出版的《中国奥运冠军题赠嵌名大典》）

七绝十首

九寨沟原始森林

平川运转半生多，原始初尝鲜似荷。
松耸数围齐月桂，瀑横千米泄天河。

南海边

旭日红颜倚岛肩，晨光贝壳眨沙田。
银船飞矢划然去，一闪犁开水上天。

嵩山岚

纱罩青峰待嫁姑，委身谷壑自成湖。
放眸欲敬一杯酒，恭步朝前近却无。

杏叶与海

万绿丛中一嫩牛，曾扶红杏破墙囚。
经雷见雨心同海，落叶欣旋舞姿悠。

空　槐

风雨沧桑千数龄，华冠高大敞同庭。
如春体貌以何是，老树无心叶自青。

梦　里

谁吟奥运气如虹，竟是诗人毛泽东。
梦里登门求佳句，捧来新作《满江红》。

神七腾空有韵

三勇悠巡乐舜天，飞心彩梦几千年。
太空行走谈何易，陆宇人洋一股弦。

今日中华

阳光洗面满眸葱，情若流泉气若虹。
小鸟欢歌怀抱里，长鲸破浪大洋中。

祥云火炬

乐驾祥云环宇彤，欢声彩手壮行踪。
雪风迎我上屋脊，我给珠峰添一峰。

胸有大坝

胸藏大坝没洪灾，服式全由自己裁。
枕傍常搁一支笔，为防星夜有诗来。

（刊于《2007-2008 中华诗人年鉴》）

诗 娩（外二首）

新诗娩出肺心香，酌理衡情品味忙。
自觉忽然身半暖，春光斜照入书房。

春 味

春光抚颈我成孩，滴翠飞红扑面来。
屈指八旬今正好，心随奥火豆花开。

戊子春节晋阳文化庙会有韵（新韵）

驱车游庙会，处处是乡踪。
剪纸随时就，糖人立马成。
毛驴衔苜草，井辘伴汲绳。
面塑怀先母，皮牛忆幼童。
洋片藏趣味，谜语挂聪明。
买得炒山栗，高楼野味浓。

（刊于2009年5期《诗词百家》）

七绝四首

选　择

叶乱门前遭非难，炉边乱叶老娘欢。
从来命运何曾有，苦辣酸甜自助餐。

老　树

叶枝青翠茂城市，老树一何居远林。
鸟语溪歌成嗜好，雨风千代野根深。

迎春花

敲诗谷径正徘徊，何处馨香吻客腮。
簇簇花团崖半挂，铜锣亮嗓报春来。

新　貌

北院绽开南院花，南邻垂下北邻瓜。
门铃曲调同声韵，一扇彩墙香两家。

（刊于 2010 年 6 期《诗词百家》）

诗　论（五首）

仙　气

墙上白猫闲步斜，翠枝瓜架几黄花。
为诗贵在藏仙气，古木浓荫开酒家。

夜　吟

坎坎坷坷伴日升，新诗旧韵结亲朋。
梦中警句怕飞走，坐起披衣忙拧灯。

诗　情（新韵）

贵在为诗情感丰，如雷吼出七彩虹。
诗词欲得同佳酿，吟罢仍于角色中。

验　诗

田园稿纸怎飞犁，哪个词儿更嫩奇。
电话三番心入座，诗朋就是验诗机。

空　灵（新韵）

悠雅笛声全在空，溪随山势步轻灵。
为诗最怕铁逢铁，刷锯铲锅谁爱听。

（刊于 2011 年 2 期《诗词百家》）

牡丹诗六首

牡丹·太阳

黑绿红橙竞吐芳，迎春花会笑开场。
中华境界天庭是，亿万鲜心托太阳。

牡丹与群芳

梅朵先开羞你同，芳菊延缓绽花红。
世间俊美谁无爱，青竹随风也鞠躬。

洛阳牡丹与大观园

五颜六色曳香鲜，其境花花酒味绵。
多彩生活名著是，红楼姐妹到中原。

迎泽牡丹园

上挂槐花下牡丹，蜂飞蝶闪尽情欢。
幽香阵阵源何处？来路高低答亦难。

怀念红牡丹

目游美景舌刍茶，日映君颜分外华。
生怕相思青柿涩，拍张玉照带回家。

洛阳牡丹

黑绿黄橙紫白红，花层朵瓣不相同。
相机数码眼皮眨，孙女牡丹酒窝丰。

（入选《大中华千家诗》）

上海世博会留韵（外五首）

环球雅客聚江滨，黄浦金波笑绽春。
南北齐尝交响曲，东西共话奋飞轮。
码头吞吐怎为美，城市问答何是新。
日月风花绳墨是，大同天下自然人。

续《百年梦圆世博会》

万客何辞仆仆尘，百年一梦恍然真。
邀来黄浦江心月，醉作青山画里人。
柳絮轻轻吟雅韵，天星闪闪话来晨。
酣时莫让云遮路，放目珠峰步步春。
注：前四句是原作，后四句系作者新续。

赠上海世博园（新韵）

橙绿红黄白紫蓝，千姿万状竞奇鲜。
明珠笑瞰花同海，环宇文明追自然。

题上海世博园中国馆

层楼斗拱笑江中，古味华冠雄浦东。
彩帜频挥迎贵客，明珠塔下话和平。

步韵奉和林公从龙原玉

畅开心肺任君游，万朵奇葩妍到秋。
纳蕊吸芳筋骨壮。环球共步上层楼。

七绝·梦临上海世博会（新韵）

谁诗盛会袖拂天，游客环成铁桶般。
挤破人群寻所以，扬眉咏者乃屈原。

（获魅力世博会·中华国粹题赠艺术大赛优秀作品奖）

纪念建党九十周年（组诗）

南湖船（新韵）

劲笛高歌九秩年，创新摧朽欲民安。
驱鲨斩虎三山倒，绣凤描龙五岳鲜。
两弹飞船彰浩壮，三通协议显融欢。
中华航速惊天下，之最光环逐日添。

邓小平

养晦韬光乃圣裁，放活疆索巨轮开。
乘员十亿雀欢跃，神话生涯谁梦来。

谭千秋

汶川大地震中，中学教师谭千秋，用双臂和身体撑成一个倒置的诺亚方舟的姿势，如此牢牢顶住塌下的屋梁，四名学生在他的身体下得以生还，他却光荣地献出了自己。

横祸来临甘做牛，伏身弓若倒方舟。
舔犊形象撼天下，闪闪黄河万古流。

移步春晨

锦缎春风柔若莲，红楼三五倚青天。
曲街枣棍寻无处，苦重太阳分外圆。

辛卯元宵节中央电视台重演《小兵张嘎》有句

万水千山舞彩纱，尧天节日兴无涯。
重温芦荡小张嘎，战鼓长鸣影不斜。

初　冬

淡雾清寒星半朦，月如初日一盘红。
山村小巷路灯下，歌舞琴声熨九空。

（刊于《2011 中国红色诗词精选》）

国　魂（新韵）

胸怀日影地天宽，烽火冬春赖智旋。
雪刃千峰驱海寇，江涛万卷剪鲨权。
升空两弹扬豪气，巡宇双雄壮舜天。
万里江山红似火，鲲鹏展翅亮华年。

（曾获中华老年诗词大赛金奖）

绝句二首

望崖草

敢问乾坤欠贵跻？予生爱在半崖栖。
喷芳吐翠皆由我，不染浮尘不溅泥。

雨　雪

清露荧荧醉万家，蓝天漫舞白云纱。
北风着意添新趣，珠雨飘成茉莉花。

（刊于 2011 年 1 期《诗词百家》）

读《义夫短篇小说选》（组诗）

画像义夫

信义阳光路，生活风火轮。
腾空知野远，随手摘星辰。

感悟内涵

内容可覆九州山，意蕴深伸万丈泉。
三晋一株槐树老，根繁叶茂翠无年。

架构生活

蓝白红黄各示鲜，亭台岭海塔峰全。
身临画境迷心窍，展卷同游世博园。

百态人物

一座农村大舞台，鲜心靓貌舞开来。
迷宫外号添情趣，万代人生好教材。

风趣语言

页页掀开页页香，如听老太诉衷肠。
花生红豆补元气，活活一锅长寿汤。

绵长余味

中国农村镜一方，桃红柳绿菜花黄。
令人最是动心处，尾句篇篇余味长。

笑看《两个李老头》[①]

一朵鲜花绽晋空，老头两个两心红。
笔锋高挂先天下，骏马扬鬃唱大风。

喜牵《花花牛》[②]

垂眸时见百花笑，静坐长听万树吟。
一柱农村晴雨表，春潮初涨马头琴。

情随《九路军》

儿孝父慈相送芳，婆怜媳敬笑声常。
闭眸烙印最深是，展爱时空有妙香。

---

①义夫处女作《两个李老头》刊于山西《火花》1958 年第 5 期。

②义夫小说《花花牛》系描写改革开放初期几个农村妇女合办奶牛场的故事。

掩卷长相思

情若婵娟去，智犹诸葛来。
停眸如失偶，久久恋难开。

（刊于《河东文学》2011年第三期）

寅虎咏春（组诗）

虎　气

峰当犁拐岭当犁，沙海泥滩信手移。
浩气在胸天打拱，千军万马簇旄旗。

虎　睛

越岭翻沟心地平，云封雾锁有金睛。
胸囊日月怀天下，长啸一声环宇荣。

虎岁与中华

亚运健儿相竞航，世博参展各噙长。
宾盈虎舍合家喜，共话飞腾友谊芳。

展眸虎岁（新韵）

草舞花飞鸟咏今，风随人意雨随心。
披阳山虎未抬步，万里山河尽曳春。

虎之怨

送往迎来烦透肠，蹲园恰似坐牢房。
华居美食诚然好，怎比飞流衔彩光。

（荣获“寅虎咏春”全国诗书画印四绝大赛“寅虎艺术奖”暨诗词优秀奖，并收入《海峡两岸诗词家大辞典》。）

天宫一号与神舟八号（组诗）

梦与伟人游天宫（新韵）

鲁迅逸仙毛泽东，共同与我绽欢容。
后生可畏非虚语，环宇齐飞一望中。

牛郎织女与天宫一号（新韵）

打工外出走天涯，飘荡多年何处家。
一号飞来望别墅，牛郎织女泪飞花。

题天宫一号与神八对接

五岳凝眸吟太阳，三江翻滚尽欢狂。
文明古国新婚礼，潇洒蛟龙曳凤凰。

天宫一号抒怀（新韵）

难忘丹心慈母情，阳光缕缕彩航程。
鹦哥雪浪休夸我，八表齐扶凌九空。

天宫·答记者问（新韵）

奉命荣飞何许情，浑身挂满不轻松。
万方希望皆瞄我，期待划出鲜亮踪。

凝望宫船对接

大野摇金穗，秋风蝉羽轻。
火龙喷浩气，鹏翅展和平。

（荣获 2011 年 11 月“天宫一号·中华国粹题贺艺术创作活动”国粹创作一等奖）

稷山板枣文化节（外一首）

五十年前游稷王，得尝红枣脆甜香。
予今一想那滋味，口水流成扬子江。

枣之魂

肉富脆甜奉献宏，色红核小己心轻。
国人皆像稷山枣，双百何愁梦不成。

道德的丰碑（五题）

七绝·路灯（新韵）

——雷锋

滚滚春雷铺翠程，逐寒播火任矛锋。
东方善念行中驻，人类文明一盏灯。

七绝·重读毛泽东为雷锋题词（新韵）

空气轻软命运温，瘠山残岭享枫林。
今朝爱火以何旺，难忘当年那把薪。

古绝·大亮山之魂

云南省原保山地委书记杨善洲，退休后回家乡施甸县义务植树20年，逐步建成占地5.6万亩的大亮山林场，临终前把活立木蓄积量价值超过3亿元的大亮山林场无偿交给国家。

劳作成烟瘾，太阳何退休。
丹丹心一颗，胡杨苦九州。

七绝·习惯

《人民日报》2011年10月17日载，河北省武强县农牧局退休干部徐志久，从1984年开始义务清扫公共厕所27年，传为佳话。

披雨迎风荷月光，巷街开满汗花香。
无偿支出属钟表，清扫灵魂伴太阳。

大爱无疆（新韵）

《人民日报》2011年10月13日载，打工小伙姜旭东，先后用自己打工的微薄收入收养了苟清顺等三名散落不同地域的流浪老人，被誉为孝心飞越千山万水的“赡养哥”。

何时舜魄付君身，颠沛老人奉做亲。
大孝何言山远水，烘烘一颗火盆心。

月之亮（外三首）

逢圆遇缺气神宁,不与太阳争座庭。
靓影以何春永驻,心中无我自婷婷。

半红枣

霪雨围欺同做囚，太多零落令心揪。
青红枣果鲜何故，恃仗生涯半入秋。

街　树

鸟瞰闲云卧谷中，仰眸翠树站凉亭。
旁人褒贬任他去，有秤怀中心自明。

青　空（新韵）

青空水面照容颜，满脸因何起雀斑。
忽见黑泉穴暗涌，方知污水丑蓝天。

（以上刊于2011年第6期《诗词百家》）

养生诗三首

论延年（新韵）

心想延年并不难，蜂花雪雨乃天然。
以何日月能长久，昼夜金辉亮大千。

老夫心

晴天新雨后，春院嚼春光。
苜叶喷三翠，芫荽奉异香。

豪迈与养生

雪月榴花心境明，青山绿水荡年轻。
万千事物存真谛，豪迈诗词最养生。

（以上三首刊于2012年4月19日《健康时报》）

五绝·十二生肖

子　鼠

嫁女遵民俗，智能谁不钦。
凿居知志气，动画乐童心。

丑　牛

只用一掐草，终生俯首辛。
老农心上命，鲁迅眼中人。

寅　虎

豪气一腔是，高低任尔尝。
登山居上位，入画坐中堂。

卯　兔

征程随跳跃，竖耳野鸡翎。
眼里无沟壑，翻飞一武生。

辰　龙

呼云成好雨，翻滚写欢情。
深海探珍宝，长空锁野鹰。

巳　蛇

吞象明壮志，修成伞下人。
断桥传世戏，天地爱情真。

午　马

负重平生事，疆场何惧危。
悲鸿心上杰，臧老卷中诗。

未　羊

北海随苏武，书坛谱壮歌。
隔墙听尔语，还当是嫦娥。

申　猴

有智无愁字，哈哈挂口边。
一根如意棒，潇洒走西天。

酉　鸡

翅展中华气[1]，头昂耸赤峰。
一呼群怪遁，三唱万山彤。

①中国地图若鸡。

戌　狗

敏灵居首位，忠信世间师。
警士三棱箭，门丁一面旗。

亥　猪

生存堪样品，付出乃常心。
无欲浑身福，有情随步吟。

龙潭公园（二首）

好邻居

杏芳柳态令神迷，白雪红枫添雅怡。
四季生涯情伴竹，公园是我好邻居。

梦洒诗（新韵）

百米楼头瞰丽园，奇姿妙境令心酣。
拱桥奔马东西跨，曲水白龙南北盘。
九鼎缩成奉酒具，百花幻做庆功毡。
开怀正欲放诗句，喜鹊喳喳飞上天。

（刊于2013年5月号《山西老年》）

第二集　微笑之山水

龙城阳台凝目

雾破日升红北墙，高楼窗闪对联长。
龙城凝目情同酒，沉在家山桃李乡。

龙门石窟

游目龙门情味多，双山共揽一伊河。
万尊佛像列崖壁，三孔长桥卧翠波。

登居庸关长城（新韵）

心贮长虹气贮鲸，七秩又五上居庸。
台阶考卷休难我，好汉行来步不封。

壶口瀑布及其冰挂

黄雾腾腾上九天，长虹日映瀑飞旋。
冬闲爱演滑稽戏，嘴角常叼几支烟。

上五老峰（新韵）

欲约三江入目中，为邀五岳旷怀胸。
一条艰险摘星路，不借天车信步登。

禹王池

池水长方翠且莹，泰然石笋[1]语贤名。
历时万载一何是，崖半飞流不谢声。

乘嵩山索道吊箱有句

头顶云霞红嘴唇，双山吐翠坐麒麟。
情悬索道谷空过，展翅飞天人泡春。

运城盐池“死海”浮浴怀想

盐荡酱泥香碧天，哼歌笑语蜜山川。
幽悠浮浴惬心境，露洒沾舌情味鲜。

①传说石笋为禹凿龙门口时所用之石砭。

书　签（新韵）

大海长空一色蓝，天边望尽两相连。
沉心岛上品风景，恍恍人于画页间。

中秋月夜黄河边品鹳雀楼

月挂蓝天楼挂纱，一张芳照美同花。
河中倩影逐波笑，疑是天仙来探家[①]。

车过稷王山[②]

西带黄河汾水南，云中曳首衣青衫。
教民稼穑终生事，殁后成山守大田。

孤山与螺钉

开路劈坡绕做绳，游车抱我上峻峰。
闭眸想象登山事，拧向蓝天一螺钉。

---

①传说董永和天仙的故事，就发生在离鹳雀楼不远的万荣县小淮村。

②稷王山位于山西稷山县。稷王即尧舜时教民稼穑的农官后稷，死后，人尊为神，故其山又名稷神山。

零九春节游太原动物园

举步幽悠动物园，彩旗拂面口生甜。
晨鸭几只吟寒水，独角犀牛擎大千。

题万荣笑话园

翻书品画看光盘，故事排成自助餐。
运步园中情若水，笑声堤决眼波宽。

登上海东方明珠塔

一塔雄居黄浦边，电梯衔我入蓝天。
倾眸城市大风景，楼海无垠竹笋鲜。

太原开往杭州飞机上（新声韵）

凝神静气洞窗前，笔走龙蛇状海天。
黄土初别情若柳，诗心一闪到江南。

古绝·于杭州六和塔山顶六角竹亭留韵（新韵）

四面竹林谒竹亭，斜倚竹亭品竹风。
来去难得高节在，竹林竹亭聊竹翁[①]。

西湖春色

春日风温花竞嬛[②]，三潭月笑系银涟。
闻莺柳浪情如水，岳庙门前仰古贤。

西湖三潭印月遐思

相机一闪我飞扬，晴夜天光亮水乡。
风景以何同佳酿，葫芦月亮影成双[③]。

绍兴鲁迅故居巷口与鲁迅木刻像合影

扬眉醉笑向蓝空，鲁迅身旁沉梦中。
遥想年轻读巨著，至今心里荡钦风。

---

①郑板桥号称竹翁。

②嬛（xuān），轻柔美丽貌。

③葫芦：三潭印月之三潭，形似三个葫芦。

移步绍兴鲁迅街

乌篷船上见童年，百草园中聊幼贤。
早字木香飞壮志[①]，书房三味一盆莲。

初到舟山群岛朱家尖乌石湾海滩

周旋内陆七旬年，大海初尝天地鲜。
客透纱窗怜美景，双山合抱一湾船。

运步朱家尖乌石滩（新韵）

翠山柔臂揽游船，日映金波闪港湾。
一股风临舌卷浪，回肠荡气海天宽。

古绝·舟山群岛乌石滩拾贝（新韵）

卵石芝麻任浪淘，华船霞影惹心跳。
欲移东海置书窗，弯腰垂臂钓螺壳。

---

①早字：少年鲁迅，因父病，经常需他买药和照料，有时迟到，老师批评，他便用小刀在书桌刻一“早”字，提醒自己。

古绝·踩雨兴游普陀山（新韵）

雨伞撑开八角天，观音微笑闪光环。
脚踩清波心向美，莲花绽放路中间[①]。

零九仲春上海外滩漫步

叠楼峭立势同峰，门首铜狮展国容。
百载沧桑迎世贸，扬眉凝目海关钟。

题上海南京路上好八连（新韵）

灯红酒绿不飘摇，军魄雪莲开九霄。
紧步八连身影走，明珠黄浦仰崇高。

浙江上海游

潮翻大海气成虹，柳浪闻莺对酒盅。
岳庙门前添壮志，明珠塔上挂高风。

①普陀山人行道上，每隔一节，就有一石刻莲花图案。

零九七月二十二日钱塘江边看日全蚀

黑色炉盖吞亮天，日边唯剩一银圈。
钱塘亿万举奇目，情挽江潮嘘大千。

古绝·西湖柳浪闻莺有思

闻莺如临普救寺，游眸柳浪忆张郎。
天地和谐风景美，谁还提说小红娘？

春日小院（新韵）

活活一挂乐天图，鸟脆花香红柳酥。
柳浪闻莺闲舍是，想来何必去西湖。

韩信巧取吴王渡（新韵）

铁寨雄居河岸边，一夫横剑万夫难。
如无韩信木罂计，渡口安能千古鲜。

谒吴王古渡抗日遗痕（新韵）

南北深沟护寨楼，千年铁扇守金瓯。
昔时东寇空伸爪，弹洞鲜花亮九州。

题吴王黄河浮舟桥（新韵）

日染金波燕舞轻，千船一力地天崇。
车轮呼喊桨成史，桥缩行程两岸荣。

观黄河西万亩荷塘

白红花色绿中敷，万亩荷塘一绣图。
最是凝眸情动处，雨敲莲叶乱飞珠。

壶口瀑布

雪山黄土酿洪流，布雨飞虹削万愁。
越坝翻沟当戏耍，大河壶口笑千秋。

拜访壶口（新韵）

悬崖峭壁伴车程，若走钢丝刃上行。
心对飞流共一照，并肩壶口气如虹。

题清徐县东湖广场《三国演义》人物群雕碑及罗贯中塑像（新韵）

剑影刀光各逞雄，八荒白骨放悲声。
恍然一部民心诉，尽在无言图画中。

留韵圣天湖

酒味荷花待嫁姑，鸭舟银鹭几多凫。
镜头千里来相会，摄下铭心一醉图。

三苏墓园有句（新韵）

凝望蓝空日月星，眸前恍恍几贤翁。
胸囊万贯一时富，心远诗文代代穷。

重游晋祠

古木荣枝帐大千，白杨银杏柱长天。
人生贵在心无老，屈赋唐诗竹叶鲜。

游目龙城

高楼巨著眼中雄，街口长龙彰市鸿。
客抱龙城情感茂，龙城抱客欲腾空。

拾韵江南

楚越闽吴万里游，人文古迹载情稠。
庐山百旋藏奇韵，大坝三峡倾福流。
鼓浪火炮[1]添壮气，武夷茶叶亮吟喉。
江南胜景嫩心坎，以此皱纹不再头。

①火炮：鼓浪屿有戚继光抗击倭寇的炮台。

长　江（新韵）

东海伸头尾雪峰，欢腾万里一蛟龙。
飞流发电织新景，游客放舟飘彩虹。
万顷旱魔何用怕，千年水鬼勿需惊。
巨轮来往江山俏，古老中华舞太空。

古绝·鸟瞰千岛湖

索道腾空去，环眸啄美餐。
湖水飘翡翠，泱泱一大盘。

古绝·登秋风楼[1]（新韵）

望秦思汉武，瞻鲁忆孔丘。
寸心装天下，黄河万古流。

---

①山西省万荣县黄河边后土祠北之秋风楼，有汉武帝当年拜谒后土娘娘所作之“秋风辞”石刻碑，其楼东西各雕有砖制横额：西曰“望秦”，东曰“瞻鲁”。

颐和园石舫兼赠友

初交言远去，为友举行觞。
十载重相聚，仍云即起航。

解州关帝庙

苍翠关公庙，碧潭千尺深。
铜铃悬古意，幽径没凡尘。

过五老峰[1]

高下无需论，瘦肥存自然。
五名东海客，静坐柱长天。

半山庭廊有句（新韵）

低谷招洪水，崇山惹大风。
此间非上下，脉跳扮编钟。

①传说五老峰系东海蓬莱五位神仙坐化而成。

九寨沟（新韵）

家家经筒旋，寨寨闪经幡。
向善苍松古，飞流洗大山。

山亭夜饮（新韵）

步上象鼻山，幽悠一酒仙。
举杯邀五岳，对饮地天宽。

与老伴携手朱家尖乌石滩

石滩尽弹丸，风舔亦哗然。
落步临深谷，相扶天海欢。

西湖岳飞庙前遐思（新韵）

遥想岳王事，护国千载忠。
当今回故土，重谱满江红。

岳飞墓前

国蠹千年朽，英雄万古荣。
回头翻日记，无愧对人生。

於峨眉公园采自泰山景石前留韵

赫赫一横屏，犹闻海浪鸣。
凹凸知宇宙，黑白是人生。

乡　道

视线当钢铲，心灵做竹筐。
情随风物走，晌晌捡诗忙。

峨眉公园大鼎前

面对台阶海，如临世纪坛。
目中山柱傲，豪气净云天。

又见难老泉（新韵）

春韵当年在，难逢难老泉。
问君何以尔，鲜嫩赖深源。

夜宿朱家尖乌石滩海边

水边幽卧惬，小屋品渔滩。
咸风吹竹笛，落浪数铜元。

重修临猗妙道寺双塔有韵

巍巍峰两座，日月鹊桥情[①]。
绿叶拂新貌，铜铃挂笑声。

---

①位于临猗城北妙道寺的建于隋唐年间的各高三十米相距约百米的双塔，有一个“双塔交影”的故事，相传寺内西塔为白蛇塔，寺外的东塔为许仙塔，每逢七夕，白蛇与许仙相会，故有“双塔交影”之说。这是我国建筑科技史上的一大奇观，被列为国家重点保护遗产。它是根据双塔的位置、高度、相互间的距离和日、月、地球运行的规律而精心设计建筑的。故现在每逢农历三月和七月十六的早晨，正月和九月十四或十五的傍晚，就能看到这一罕见的“日月交影”现象。

第三集　醒神之闲茶

途 中

红柳黄河北斗星，蓝天大雁是人生。
我乘高速向东去，翠木苍山扑面迎。

幸福之道

江水莹莹鲜众生，骄阳步步散光明。
悦人束己行中见，环宇何愁少太平。

再登鹳雀楼

万古黄河心底流，我同之涣站名楼。
兴来展目透天下，东海春潮西岳秋。

经济危机

高原铁路亦平常，舱外行来赤帜扬。
一夜西风何所惧，护航旭日有仙方。

捣韭花与写诗

加些盐粒捣成泥，菌绕光蒸味不移。
欲梦诗词成老酒，三年二句是旌旗。

中　伏

电扇毋须连夜嚣，纳凉何用动空调。
坐涯低碳久长事，蒲扇诗词自在摇。

（刊于2011年1期《难老泉声》）

写诗与栽植

浓香朵朵彩云飘，今岁杏花何以饶？
亏是园丁眸力远，横心尽去冗枝条。

常青斋写意

珊瑚鸟蛋五花[1]鲜，竹翠菊黄辣角丹。
景物入斋情展翅，胸怀天下不风干。

①珊瑚：珊瑚树。鸟蛋：鸵鸟蛋化石。五花：五花石。

仙　境

旭日东升亮大千，雪花乱曳是天然。
愁临不郁真君子，喜莅无狂乃圣贤。

题刺槐

锐笔常常娩锦章，绣针梭出靓衣装。
拐弯抹角未然好，长刺槐花富酒香。

时　间（新韵）

平等待人谁不崇，从来未露色姿声。
抬舌举步堪为典，款款长江淡淡风。

乐　器

洞箫黑管马头琴，打板弹弦擂鼓音。
百态人生同乐器，昂舒俗雅各芳心。

刷　鞋（新韵）

雪上刷鞋水若钉，一滴热水烙一坑。
个人自传如何写，紧步三光脚印丰。

雨雪行

雪野回头一串瓜，爪临泥路望梅花。
生存贵在瞻前后，善省吾身自大家。

题清徐老陈醋（新韵）

粱米酿成名往今，清醇香美贵于陈。
大千世界人和事，酸味生涯常益神。

示　孙

观花走马是空忙，吞枣囫囵笑破肠。
万物人生当细啄，芝麻捣出漫天香。

（刊于2012年6期《诗词百家》）

拣砖渣铺路有句（新韵）

小院坡斜多雨滑，伸开五指钓砖渣。
凝眸过客莫要笑，废物新生人绽花。

古绝·过杭州湾跨海大桥（新韵）

难忘长虹横海湾，倚车飞渡绽欣然。
不是桥墩撑昼夜，哪有生活日月鲜。

丁亥春众诗友云集阎守勤家看绿樱花

不衣红装衣绿装，叶花同色免张扬。
谁知反倒成新景，难怪骚人注目长。

砥　柱（新韵）

诗友杨峰，从黄河岸边拣得一石，置于案头，并书“砥柱”二字，令余心动，以诗赠之。

书案石头韵味长，列名砥柱墨文香。
河滩一块无名辈，伯乐欣逢入雅堂。

示　儿

地震花开自有因，初分盘古到如今。
面临不孝不生气，自叹当年丢孝心。

退休自像

稿纸笔头勤务兵，笑颜银鬓挂歌声。
心情何以若春水，旭日蓝天是美羹。

读臧克家《真相与真魂》[1]

凝目剑麻豪爽喷，龙飞凤舞状乾坤。
诗文书画一根脉，欲撼山河看气魂。

佳　肴

奇花异草彩名胜，代有春风万户兴。
景物人文今古是，诗无警句夜无灯。

①《真相与真魂》刊于 1988 年中华书局《诗文鉴赏十二讲》。

拳击与写诗

拳击怎能常挂金？诗词出口众何钦？
今来古往别无路，把眼拴于读者心。

改　诗（新韵）

昂首环巡知面全，低眉透析探甘源。
改诗不比写诗易，难得中穴飞巨篇。

读果戈理《鼻子》（新韵）

鼻子平空去又来，孙猴入腹纵情怀。
佳肴名著构思妙，洞尽桃源谜自开[①]。

达·芬奇名画《蒙娜丽莎》

轻轻微笑阅天广，静静亮眸知世深。
醒梦四年磨一美，观音高挂淡尘心。

---

①陶渊明《桃花源记》中有这样的句子："林近水源，便得一山。山有小口，仿佛若有光。便舍船，从口入。初极狭，才通人，复行数十步，豁然开朗。"

好　诗

人生怎样看其终，万贯家藏到了空。
笔触深沉黄土里，好诗一句可融冰。

无　题

高树绿毛编静幄，低枝彩果垂悠乐。
久居优境不知优，去客流连方省觉。

车到山前

遇事何需苦挂腮，春风秋雨自然裁。
低眉庭院愁诗料，一朵黄花砖缝开。

心藏碧潭

加大油门缩远程，爬坡越壑上高峰。
心藏一戽碧潭水，不怕玫瑰开不红。

旗帜

黄花砖缝亮同星，屋顶瓦间圆叶青。
野草堪当旗一面，风吹雨打步闲庭。

酿诗

沙海诗文令目瞢，宝鼎三足欠独风。
酿诗绘画在于异，壶口阳光喷彩虹。

薄冰（新韵）

平畴万里贮坟茔，绿亮街心亦有坑。
诸葛一生何胜算，神情每每走薄冰。

箴言

——有感美国从伊拉克撤军

道义从来不可轻，偷花盗果是坟茔。
放怀中外古今事，眼里无人自掘坑。

无风之浪（新韵）

壶口黄河惊地天，小桥流水逸人寰。
诗根欠缺沃泥土，起浪无风味少盐。

致秋雨（新韵）

再别阶下不停敲，红枣已熟棉绽桃。
好事行来须有度，过头便是斩生刀。

读褪色门联（新韵）

黄土阳光放暖香，台风暴雨自彰扬。
对联纸字箴天下，红乃一时墨寿长。

放眼黄浦江边（新韵）

烟树虫蝉高下讴，海空鱼鸟直曲游。
人生醒梦亦如是，仄仄平平江水流。

难　得

趣在人生刍妙歌，自然永远嫩如荷。
养花务果灵诗性，受粉人工言外多。

葡萄花（新韵）

莹莹翠蕾散香甜，闪闪蜂蝶尝嫩鲜。
别看如时花若米，明朝足可醉人寰。

调　控（新韵）

人士成功预案详，天无叹息地无伤。
窍门就在调节妙，梅绽时间西柿黄。

仰观干燥过程水泥墙色变化有句（新韵）

雹打风摧地震残，奇石斜柳海滩闲。
变中墨画一灯柱，黑白生涯大自然。

观世乒大赛（新韵）

历史征程风雨多，泽东何奏凯旋歌。
人生胜卷乒乓是，方寸出奇应对活。

看陀螺有思

雪飞日照在田禾，鸟叫溪吟互唱和。
献媚紧随鞭子转，春风斜眼笑陀螺。

贺首届鹳雀楼诗歌文化节（新韵）

惊地一声醒世雷，中华八表闪金辉。
九州心共名诗上，四海情随鹳雀飞。

论养龙

万卷诗书万里程，生存命运两条龙。
精心饲养不离手，无意飞腾自飞腾。

题刘恪山摹绘晋南民间刺绣选

公鸡白菜西厢[1]好，更喜绿狮玩绣球[2]。
不是当年失马事[3]，艺坛何有此丰收。

给野田"购岛"画像

背上牛头不认赃，为争宝座信雌黄。
谁知玩火惹天怒，日夜针毡度时光。

空 调

昨夜入秋凉，空调谁复理？
人生亦若斯，起俯能由己！

---

①公鸡、白菜和西厢是绣品的形象和名称。公鸡是指绣在眼镜套上的大公鸡，白菜是指绣在钱包上的"白菜萝卜花大姐"的图案，西厢是指绣在枕头上的《西厢记》图案。

②绿狮玩绣球是指绣在椅垫上的狮子滚绣球图案。

③失马事指塞翁失马，作者刘恪山原在团中央《辅导员》杂志任美编，后被划为右派下放临猗县劳改，期间他发现了不少优美的民间刺绣，即借来摹绘。20年积累成册，出版后影响极大。本诗的后两句即指此事。

雨　后

叶动千花媚，天晴万岭葱。
遐龄怜旭日，脚底奏春风。

谷　雨（新韵）

春莅播新种，秋临割大喜。
农耕若育人，错过能由你？

中　国

岂惧狂飙谪，哪愁洪水迫。
胸中有孔明，何悸脖加轭。

活　水（新韵）

蕊小宜微觑，楼高当远观。
膺中活水荡，步步万花繁。

布谷与寒梅

布谷随镰举，梅花伴雪荣。
放怀天下事，南北各钟情。

火　眼

月亮群星淡，阳清众影浓。
金睛随处在，阡陌没秋冬。

刺　槐

年年供绿厦，五月送清香。
竖刺缘何是，飞针乃伴航。

藏　书

愁来世界狭，喜莅乾坤广。
袖口对藏书，神情同以往。

春　节

春气有多神，年年都是新。
写诗能若尔，字字闪星辰。

古绝·来去

雷雨去重去，阳光来复来。
心中有台秤，俯仰没愁哀。

古绝·世味

云厚晨来缓，雪重犬声皴。
顺风脚步畅，初晴万物纯。

沉　思

粗砺生锋刃，薄冰绽细心。
环眸今古事，清水借潭深。

荷花岭

漫步荷花岭，浑身长嫩芽。
常思其子白，身影了无暇。

峨眉公园台阶

背负阳光志，躬身缓步冲。
怀中藏北斗，哪有不凌空。

处　世

青山堪挚友，流水乃天然。
腹中藏日月，诗魂伴大千。

拾　柴

为诗同拾柴，一见入襟怀。
日子长流水，嘿嘿摞满斋。

古绝·韵海

巷窄人气短，天长目光长。
欲知底深浅，韵海试撑桨。

火山与诗人

昂昂鲸一巨，平素寂无声。
真气实难抑，放情天地惊。

保　鲜

绿叶令心童，红花境界丰。
诗词何以嫩，醒梦自然中。

人　间

旱天塘得宠，多雨伞吃香。
细品乾坤事，心胸自荡泱。

观　海

欲赏青波美，驱车大海滩。
谁知风太烈，黄浪沾衣冠。

野　外

遇事没台阶，旷郊宽郁怀。
蓝天云影动，前路纵横排。

古绝·竹爱

壮士爱竹直，浮人赖竹崇。
独钟青竹窍，悠幽流雅风。

久　隔

大旱思甘雨，连阴念亮光。
人生无久隔，何品一巢香。

寄大雁兄

何囿北方雪，岂从南国煎。
翅膀经世广，生命自悠然。

古绝·生活

人向大山走，黄河东海流。
天地无上下，人间方自由。

读毛泽东《讲话》

血火为民路，放喉大气蒸。
文坛挥巨手，闪闪一行灯。

张伦《咏孤山》

张口情同火，行行见大风。
一何能若此，心境与山融。

看电视我国蛟龙号载人科学考察船潜入七千米深海有句

大海无穷尽，诗词何异常。
蛟龙怀里揣，深处探奇藏。

“只是近黄昏”质疑

四季去来事，开天直至今。
夕阳无限好，何叹近黄昏。

读《鲁迅名言》

字字茶消酒，行行火炬明。
囊中无龌物，大我是长生。

衣色与健康

望黑心情老，穿红觉年轻。
选衣非淡事，一部健康经。

哲学与命运（新韵）

叠砖成巨塔，一孔毁家邦。
醒梦心如镜，前程好运长。

箴　言

大千姿色异，风物放宽量。
思己多思短，看人先看长。

忠　告（新韵）

华夏三春翠，黎民鱼水欢。
常刍天下事，心体常嫩鲜。

活教材

——凝目傅作义故居门外老槐树

听言槐树疤，生气周身抖。
恍见太阳旗，白狼张血口。

观天宫一号与神舟九号手控交会对接

出言如泼水，手控会天宫。
心里有沟壑，途中没浪风。

十字口（外二首）

日月东西逐，热寒南北梭。
廓清天下事，心海闪金波。

鹅毛扇

冬天防上火，夏日忌寒风。
一把鹅毛扇，先知是警钟。

务农与写诗

为玉茭培土，给秦椒间苗。
人于行内爱，情在绿中飘。

给　诗（外三首）

长啸融冰雪，低吟路自宽。
情思喷射器，生命保鲜丹。

缘　源

——题绛州澄泥砚（新韵）

路遥知马力，狂风考劲松。
澄泥何以茂，翰墨雅人生。

给中国书法大家姚奠中为八省楹联书艺展题词“藏往知来”之嵌名诗

雷鸣征雨到，月晕兆风来。
藏往知明早，人贤大运开。

层楼上

车飞思绪亮，若水去来鸣。
高处洞天下，人生一过程。

第四集　多味之风采

国庆节小院钹花盛开

紫粉橙黄笑口张，钹花一代站成墙。
恍然身在戏台下，醉望村姑唱太阳。

城　市

市井皇皇了没山，行来屡诧一绳天。
豪楼夜醉仍鼾梦，烂货声声到枕边。

古　槐

冬莅疏枝筛暖情，暑临密叶架凉棚。
沧桑老树为人好，白纸蓝天一片诚。

茑　萝[①]

凝目茑萝情味长，恍然昔日授书堂。
时光泡在青丛里，稚面红葩绽嫩香。

①茑萝：一年生蔓草，开小红花，俗称打碗花。

心和苑酒楼（新韵）

紫绿黄红竞曳鲜，诗文剪纸四周悬。
心和香苑醉天下，恍恍身于山水间。

致　雨

别再阶前连日唠，农夫心里滚油烧。
园中绿枣竞生色，陌上棉田正绽桃。

桐　花

四月西风一抹凉，人们往往换衣裳。
仰眸高处心生愧，树上桐花照样香。

蝉　心

低调高歌赛乐厅，秋来绿院落蝉声。
为何早晚静如水，虫辈多谙人世情。

枣乡三月

百花争艳令人怜，紫白红黄各示鲜。
三月枣林独爱雅，虬枝墨画饰田园。

红　梅

大雪扑身吟起来，沟边岭首做歌台。
蓬勃心境一何是，胸有阳光四季开。

春雨与小院

香椿芽簇火苗红，韭菜金针羊角葱。
万物竞鲜春雨后，诗人笔下荡清风。

蒲公英（新韵）

怒放黄花亮若星，白毛微籽簇纱灯。
春风一阵轻轻起，小院空中尽伞兵。

菊之愧

休夸尽带黄金甲[1]，每闻此语自常嗟。
春季贪玩误节令，非因钓誉竞秋花。

月光情侣

烦恼蜇叮睡不香，一斜玉臂透纱窗。
缺圆本是家常饭，月亮哄咱入梦乡。

老　天

连绵秋雨积墒深，北国麦农怀抱琴。
也有老天难办事，棉花大嫂叹声沉。

山货店

柔枣芝麻伴靓颜，核桃红豆气神鲜。
沙棘美酒溶凝血，一副天然长寿丹。

①黄巢《菊花》诗有“满城尽带黄金甲”之句。

钟　表

清泉伴尔自然流，风雨兼程从不休。
日月同心齐运步，平平淡淡写春秋。

花开仙人球

长柄白花层瓣丰，恍然大典古号雄。
缘何蜂蝶亲来访？为有微躯大将风。

太　阳

桌上灯明桌下晦，高天月挂室中玄。
雄鸡三唱天地亮，内外方圆入目全。

《诗词世界》有韵

擂鼓鸣钟疗内伤，冬喷暖气夏喷凉。
诗词世界花千树，一页掀开满院香。

读《难老泉声》

难能新酒借陈瓶，老树鲜花芳满庭。
泉水澄漪春肺腑，声同月桂韵同星。

读《中华名人成长故事》（新韵）

画印诗书长性灵，山冰石火淬刀锋。
若无尔辈俘天志，人类何能冉冉升。

扫帚

春扫浮尘秋扫霜，人心扫得亮堂堂。
无名无愧终生路，马褂金黄是太阳。

体育场

绿红铺就养生场[①]，举步飞球任尔尝。
春李冬梅齐绽笑，一年四季享春光。

①红绿指红色和绿色石子。

古绝·零八春雨

——有感全国人大代表会

平原麦海翠灵灵，竹笋扬臂笑婷婷。
浮想这场天上事，得挂多少输液瓶。

山 村

喜鹊回乡喜若惊，千秋坎巷展棋枰。
儿童戏作旱冰处，盲嫂闻风笑出声。

农 妇

扑面迎来月一圆，诗词水步[1]运琴弦。
回头仰望杏花岭，美发天河泻下肩。

小报编辑（新韵）

四季春秋难得闲，校排撰采共一肩。
太阳百姓顶天柱，笔墨金桥连两边。

①戏剧旦角的一种步法。

内蒙古自治区成立六十周年

翠野黄羊织彩巾，香奶长调马头琴。
多情蒙古一帧画，塞北蜻蜓点水深。

题嫦娥一号

谁言奔月水中天？一旦腾空五岳牵。
桂下吴刚凝目望，嫦娥姐妹共跹翩。

品《临猗通讯》刊出五百期

五百鲜活方向盘，解闲解酒解疑难。
风花雪月悠然步，涑水晨光分外圆。

花甲国庆大阅兵（新韵）

环球亿万尽瞪睛，铁旅江潮彰武容。
领袖一声同志好，长空大雁喊和平。

鸟瞰黄浦江与世博园

千姿百态竞奇芳，低碳生涯各自长。
黄浦江连花一树，环球展翅采鲜忙。

野味包子店

地衣马齿伴茵陈，野馅包成滋味神。
细嚼移唇那风景，黄花柳岸笑成春。

休闲理发店（新韵）

雪色墙身米色裙，野花盆景溢清醇。
剪刀小燕呢喃舞，醉在故乡三月春。

长　征

草地分深浅，雪山衡重轻。
反刍今往事，谁不念长征。

农　舍

庭前总溢芳，天井翠云罩。
猫小令人怜，相逢常示好。

小　城

衢路任人游，青溪眼下流。
满城瓜果笑，一步一层楼。

中国心

见面无闲话，河山肺腑间。
不聊中美事，便是说台湾。

池　岸

连绵秋雨注，池岸藓苔稠。
燕子波中戏，莲花衔露柔。

晨　书

荷笔起黎明，广场芳草坪。
木桶当墨砚，任我写长生。

六牛诗社

诗坛澄若水，日月泳其间。
境界兰亭是，白云托碧天。

致　友

大海无愁绪，火山存壮喷。
太阳心地广，环照地球村。

葡　萄

小院饮东风，柔苗化彩棚。
珍珠枝下匿，偶尔露峥嵘。

青　松

万物存消长，青松何异常？
青松青所在，换叶不声张。

笋　苗

绿叶临霜劲，亭亭俊后生。
焉何无落寞，贴地有春声。

清　明（新韵）

漫忆纷纷雨，滴滴子女心。
该知人世事，敬老重千斤。

惊　蛰

万物闻钟醒，抽身揭梦帏。
绽开红粉面，亮出绿纱衣。

新年雪

春雪何能耐，深为万物怜。
天衣披大野，品貌味如棉。

池中月

三五池中月，铜锣漾玉盘。
明明瞧一是，再舀亦无完。

金　梨

面若中秋月，心同白玉阶。
焉何枝下挂，不肖亮金牌。

石　榴

暖莅喷香艳，凉临献液津。
与生无所念，个个笑豁唇。

古绝·黄河

出身大山雪，东海终为家。
一生坎坷满，足迹尽是花。

风 度

逢山无落寞，面壑不蹉跎。
你是一湖水，心空荡碧波。

怪脾气

屋里烙如鏊，天空堆墨衾。
狂风翻绿野，大雨下森林。

黄土路

黄土弯弯路，典章诗一笺。
品行绵万古，魂魄贯青天。

古绝·杏树

不哀红花去，不欣翠果来。
杏树一贤士，深信自然裁。

翠云居

千红飞淑味，万翠氧吧芳。
麻雀枝头乱，葵花梦里黄。

古绝·晒花椒

串串小红果，玲珑香味盈。
太阳一过手，满席黑眼睛。

草

铺开城市美，熨斗破愁纹。
绿色胸怀广，轻托几片云。

风

彩旗挥手笑，红杏曳芳容。
垂柳弯新月，平潭闪小龙。

春

天播清露后，桃李笑枝头。
农舍添新望，田间闪翠绸。

石榴树下

打坐浓荫下，心跳木鱼声。
无心斜起目，满树赤纱灯。

古绝·剑麻

每逢国庆节，俨然几行鹰。
羽展千丛箭，颈挂万串灯。

寿　筵（新韵）

霜发面如童，客人夸寿星。
老翁忙摆手，见酒脸皮红。

黄石榴树下

中秋寻丽句，刮肚又搜肠。
无意斜眸扫，枝头挂月光。

蜜　蜂（新韵）

我乃蜂一翅，倾心蕊瓣间。
生来无所求，为品那丝甜。

公园·宅院

推开雨后门，抬目翠成林。
酣饮负离子，浑身尽是春。

古绝·黄土

负重无怨意，孕物何言劳。
一旦春风至，即掀万顷涛。

水　管

压力再沉重，从来不作声。
无论谁召唤，满口尽豪情。

惜　别

年届八旬，移居都市前，打开旧居库房门

若临文物馆，蛛网亦喷香。
井扣思汲水，纺车见老娘。

送　别（新韵）

你来掐枸杞，他送嫩茵陈。
野味阳春暖，乡情纽扣亲。

（刊于2013年2期《诗词百家》）

八十自画像

麻雀聊闲话，笋苗张翅膀。
老夫开正步，欣忆阅兵场。

六牛诗社六周年盛赋

六载情同火，切磋犁味隆。
海襟藏日月，壶口大河风。

他　乡

平素无来往，他乡成血亲。
一生不离土，难懂此情真。

（刊于2013年2期《诗词百家》）

老　境

笑西瓜长大，瞧菜豆开花。
品树蝉长啸，听麻雀说啥。

公园里

卵石托鞋底，翠枝挂鸟声。
人于池上舞，枫叶染波红。

图画里（外一首）

绿树西湖伞，鲜花举绣球。
舟于天上荡，月在水中悠。

湖　味（新韵）

小桥生妙趣，碧水荡竹排。
垂线悬今往，待竿钓未来。

第五集　梦色之境界

纳 凉

槐米飞香池水澄，虫吟叶下露层层。
多情皎月恋人世，犹伴书楼夜半灯。

晨 沐

柔春陌上沐春光，蕊柱蜂儿诉衷肠。
大野轻托千顷绿，刺槐擎起一枝香。

鹤塘垂钓

鹤影天光共一衾，诗空画境耐沉吟。
碑旁起线识深浅，柳下垂眉钓古今。

米线食堂拾句（新韵）

进门幻若试春妆，优美轻柔嫩细香。
难得庖丁知客味，沾舌犹见菜花黄。

品　茶

爽夜江边任目翔，天星山影尽徜徉。
清秋悠举绿龙井，柔月轻拂白羽裳。

都市雨中

峦岭群楼雨雾遮，皇皇街面淌成河。
我同老伴天桥过，想象许仙偕白蛇。

树　下

树下乜斜老境暇，绿茎疏处见奇葩。
携香旭日飘然去，粉蝶闻风赶到家。

漫步雨中

伞上弹琴见靓容，溪流约会步匆匆。
雨中游荡脚尖醉，恍恍身于春梦中。

秋　韵

高粱谷穗赛谁长，棉白柿红苹果香。
莫道秋来萧色重，家家玉米巷边黄。

乡舍冬晨

柔枝银月伴青空，旭日未眸楼已红。
野老运拳喷白雾，村童上学绿鞋匆。

池岸漫步

水里荷花天上鲜，池边笑貌水中嬛。
垂眸最是迷人处，鞋影金鱼戏树巅。

春拂小院

鲜嫩香椿鸡赤冠，莆芽米绿笑枝端。
金针春韭比长发，红柳弯腰学吊兰。

转　换（新韵）

别嫌夏去复蒸笼，莫叹春来又雪风。
四季轮流为父女，常常马后送一程。

七月七夜逢雷雨

久别重逢蜜拌油，花生一颗味儿稠。
天庭今夜鹊桥会，大雨倾飞热泪流。

致久旱雷雨（新韵）

翻飞小燕竞弹琴，气爽神轻信可吟。
好雨可惜夹带雹，砸伤多少果农心。

题2010年5期《中华诗词》封三“湖北恩施：来风摆手舞”图片

翠树阴中春气生，恩施儿女喜盈盈。
不愁穿戴不愁老，双手荡开流水情。

漫步万亩朝天辣

身披绿甲令君雄，泼辣风姿无不崇。
火炬高擎争向上，无边浩气映天红。

病后春光

不病不知珍健康，沉沉冷雨滴愁肠。
和风一夜天如洗，出院春光缕缕香。

吃玉米面搅团有句（新韵）

玉米帮咱跨壑峰，多年不见想芳容。
盛时举箸忆昔日，恍恍犹闻乱世钟。

庭院写意（新韵）

赏花种菜写诗歌，浇水间苗情味多。
难得人生成美景，自然永远姓鲜活。

看电视青藏铁路通车（新韵）

缺氧土凝身下俘，千难万险赖雄儒。
笛歌一啸群山躲，雪域长龙织彩图。

春雨小巷

小巷迎春衣柏油，雨中移步更幽悠。
旁天伞盖成琴键，委地柔溪鳞闪稠。

龙舟竞渡

五月阳光吻蜜桃，龙舟竞渡兴头高。
国强民富眼前是，屈子天庭改《离骚》。

十七大的早晨

党柱民心聚一堂，欣商国事畅开肠。
凝神提笔品诗意，菊月清香满书房。

今　天

道路条条镀旭光，乡村城市任飞翔。

窗前那簇粉莲朵，偏爱深秋衣杏装。

新　境

路面水泥光若铧，品茶灯下话桑麻。

天天清扫爱如女，老少心房映彩霞。

古绝·联欢

电视新闻：俄罗斯贝加尔湖万只白天鹅飞临山西河东平陆县黄河湿地过冬。

贝湖亦爱九曲雄，翅缩万里莅河东。

雪鲤欢跃蓝天上，鹅浮2 2绿波中。

二零一零年元宵节于太原燃放孔明灯有句

七九霜龄情欲腾，楼头戏放孔明灯。

汤圆一颗碧空亮，童味随心冉冉升。

闻两岸空中全面直航（新韵）

喜鹊蓝空搭彩桥，炎黄天界肺掀涛。
聊开华夏未来事，一夜杯鸣伴月高。

零九三月与张伦文玄等到诗友阎守勤家赏白玉兰花（新韵）

玉兰春色嫩骚翁，绽笑扬眉脚踩风。
人老难逢环境好，白鸽枝首卧和平。

题《兰亭修禊图》

骚贤墨客聚兰亭，放谈溪流对酒盅。
韵味多姿何以是，中华当代老年情。

连绵秋雨太阳回

露珠仰日闪金黄，红枣枝头喜欲狂。
麻雀竞歌庭院里，晨光款款到书房。

欣迎国庆六十二周年
暨鲁迅诞辰一百三十周年

——步鲁迅七律《无题》

欣逢盛世度秋时，气爽神飞少雪丝。
稻麦肥丰盈国库，宫船对接亮红旗。
开怀五岳皆含笑，放目三江尽是诗。
天上人间同起舞，阳光露洒湿新衣。

枕上游

舟山海岛嚼朝霞，壶口飞虹龙井茶。
最是那春江岸夜，举杯月下向桃花。

坝　上

日净风光好，中华不见秋。
平湖溶郁闷，塔吊铸温柔。

送子扶农

山乡深入去，须尽沟坡美。
莫学草蜻蜓，匆匆轻点水。

感　时

幼年多乱云，当代翠如茵。
不觉天将晚，西霞胜旭晨。

远　虑（新韵）

免除千载税，还补种粮钱。
举世粮荒日，中华有泰山。

古绝·冬阳下

如今分外好，老来吃低保。
墙根晒太阳，中国无烦恼。

坦　然

莅世无才用，诗书漫草身。
竹荫铺静路，刍句步春晨。

忆　农

足扭崎岖路，身披三伏光。
余生疏稼事，常愧果粮香。

答诗友

少壮家标丑，诗苗受累连。
韵心终未灭，皓首梦弥牵。

冬　韵

疏枝留淡影，丽日挂晴天。
诗耄嚼名画，晾绳爱物悬。

生　活

翠岭当飞马，溪流做早餐。
情随风物荡，俯仰品仙丹。

伏　雨

伏雨落轻松，鸟声敲晓钟。
情原千里马，韵海浪花汹。

卧　读

斜躺于摇椅，翻书刈皱纹。
畅游图画里，恍恍驾春云。

雪舞春光

云筛金日暖，心海起春潮。
飞雪庭前乱，疑为柳絮飘。

霜发访同学

回言飞国外，凝成一柱冰。
搬开遮目手，酒杯童影升。

早　春

嫩芽窗口张，群雀闹春阳。
菠菜衔清露，芫荽味道长。

忆暑天故乡槐树下

夹道两行槐，长廊众手裁。
黄花香雨下，淑影笑迎来。

山　韵（新韵）

远望几弧蓝，近尝三色全。
眸沿山体上，白鹭戏长天。

淡　泊

东风抡大帚，急雨散铜元。
放目乾坤事，差参半灶烟。

好时节

日莅尝朝气，星临品月光。
难逢时节好，舒翅任飞翔。

雾中行

树体披纱俊，花唇衔露柔。
身于河里荡，神在韵中游。

古稀之梦

闭目翠波来，峰犁云帐开。
束阳悬丽瀑，飞燕乐成孩。

旅　途

万水泱泱去，千山款款来。
疾车辞隧道，无浪溅胸怀。

久旱之后

黄土裂龟背，火尘燎众生。
卧听甘露雨，如饮木鱼声。

宿　愿

千径东风暖，万山杜鹃红。
老来余一念，何日九州同。

古绝·神仙府

散花千树茂，飞雪万山肥。
人间神仙府，夜来谁忍归。

古绝·春晨闲步

起舞郁气散，观花冰心开。
登高瞰人世，青春扑面来。

古绝·雪原野望

绿原尽披白，墨枝半边黔。
江山美如画，音步点点深。

古绝·伞下

散步成习惯，雨径嵌足踪。
悠然目半掩，伞下品编钟。

观　物

树下蓝天碎，天晴鸟语新。
拈须庭外坐，观物我成春。

重与轻

心急行程涩，身轻景物鲜。
胸中存大海，挑重弄琴弦。

古绝·笛声

城上笛声脆，静夜亮如星。
可惜有河在，只能隔岸听。

古绝·冬暮

昏空灰树外，移步尚悠幽。
一圆红月亮，悬于黑梢头。

放　怀

时光有逆顺，景物存兴厥。
一夜西北风，太阳冷做月。

古绝·雷雨前后

风摇千树醉，雨洗万葩欢。
彩练随心舞，鹅云任意旋。

涑水公园（外二首）

花映晨光艳，崇台翠水环。
流香酥五内，恍恍到江南。

美　味

垂柳新池面，蓝空月弄云。
风行波眨眼，啄木鸟敲琴。

水　边

柳垂潭见底，风劲浪行军。
醃在天然里，其情了莫纹。

第六集　阳光之雅怀

鲁迅二题

一

你同野草脉同鸣，呐喊钟声亮旅程。
风雨中华旗一面，铁心舌火铸光明。

二

匕首投枪步不封，恤民怜国揽怀胸。
屈原杜甫峥嵘后，你是东方又一峰。

古绝·水稻树

——袁隆平

袁隆平院士研究的水稻，亩产已超八百公斤，到2011年，已达九百公斤。他想拥有一种水稻，穗如扫帚，粒若花生米，下可乘凉。

钟爱农科胜爱娘，天当卧室地当床。
梦中水稻长成树，你与苍生正纳凉。

铁　牛

——王进喜

进喜何能辞海游，降喷啄井尽挑头。
贫油帽子大洋去，为国拖车一罕牛。

读《群奔图》

以画马名世的徐悲鸿，其《群奔图》，不仅气势雄劲，且群马在飞奔途中还不时回首相互凝视，状若兄弟，令人心动。

蹄跃鬃扬鼓点丰，飞奔群骏壮如鸿。
互相凝望耐寻味，浩气无疆见大风。

太空行走崔志刚

手持红旗舱外牛，山河草木尽昂头。
九州儿女万年志，刚烈中华梦里游。

大江与猗顿（新韵）

务果饲禽加运盐，金银十载长成山。
慈心一片大江水，广济苍生万古贤。

游万荣大晋商李善人旧居

雨满秋眸兴未衰，人生之旅以何裁。
聚财常记散天下，一树李花千古开。

南山竹

——王含光

王含光是明末清初猗氏县一名官衔三品位至河南按察使的大廉官。其一生在整治京师治安、清除贪官、扶弱济困、赈济灾民等方面事迹不少，并有《谷口诗集》等面世。

母梦朝阳入母怀，先贤名讳有由来。
力裁狡鼠天说好，智剪猾狐地笑开。
扶弱救灾存浩气，酿诗论道展宏才。
为人处世堪为炬，谷口芳情伴古槐。

读时新《柳溪集》（新韵）

书林韵谷探幽深，五岳三江成友亲。
如海诗襟喷浩气[①]，禹门滴浪掌声频。

夜梦牡丹

向日葵花有壮心，梅花偏与雪花亲。
梦中见你放喉咏，尽是神州大写人。

①时新《星汉》一诗中有“诗襟如海写昆仑”句。

题王含光文化研究会人物

大　海

——王中刚[1]

大海心胸囊面全，播光浇水茂文坛。
开来继往无边好，前朝明月更为圆。

竹叶青

——王　辉

状画飞书谁不崇，荷花竹叶展芳容。
襟怀足可纳天地，柳絮温言雅味浓。

牦　牛（新韵）

——宁新杰

游眸谷口[2]破难疑，越夏穿冬不住蹄。
一颗赤心堪做砝，倾囊尽力曳诗犁。

①丰喜集团董事长兼王含光文化研究会会长。

②谷口：指清代临猗诗人王含光之《谷口诗集》。

骆　驼

——王启孝

沙海茫茫不怯场，罗织家谱[1]秒分忙。
孝心一片上苍晓，大气从来不自王。

伽马刀（新韵）

——张　伦

驾雾腾云凌九霄，遨游韵海惹人撩。
灵光一闪沉疴去，胜似神奇伽马刀。

金　桥（新韵）

——王开端

诗矿谁言开采难，雾云相隔百千年。
心藏古籍数君富，玉笔金桥通两端。

高速路

——杨文玄

对句如同衔酒盅，答疑恰似逗儿童。
目光高速一条路，时闪杨门大将风。

①家谱：王启孝与王含光是同一王氏谱系，这里是指王启孝修续王氏家谱的情况。

中伏天（新韵）

——雷大昌

夏雷高唱彩虹鲜，诗界江河映艳颜。
言迅声宏开口笑，童心常驻火一团。

春　风

——王艺恩

春风绽放百花园，画印诗书无不娴。
交往与人情若火，誉芳文界艺芳天。

偃月刀（新韵）

——关英才

文场武艺尽精通，谷口诗林遭乱兵。
刀影初扬群蚁散，祖先无怪有关公。

博物馆

——乔正安①

论今谈古诉家常，剧印文书尽溢香。
劝酒戏言俘四座，一株乔木耸郇阳。

八　卦

——李新院

李花盛绽伴新春，满院和风语倍亲。
透析前朝言八卦，含光诗集更添神。

①乔正安：临猗十大文化名人之一。

太平洋

——陈加文[1]

丢风忘雨忘愁肠，品韵刍文梦里忙。
借问老夫何以是，怀中揣个太平洋。

题《杨峰草书选编》帖[2]

凤态龙姿跃墨场，冬输暖气夏输凉。
笔扬典籍花千树，一页掀开五岳香。

读杨峰书法常用印章（新韵）

草书奔放壮其生，隶篆香飘示锦程。
老友胸怀由此见，方圆脚迹味无穷。

冰　石

——阎学臣

玉洁冰清一信驼，航程澎湃浪峰多。
红颜花发青春在，旭日胸怀亮大河。

①陈加文：临猗十大文化名人之一。

②帖之内容系书写《三字经》、《弟子规》和古代名诗。

蜜　蜂

——郭红英[1]

妙姿飒爽向朝阳，雨沐风梳采蕊忙。
方寸常存全世界，红缨似火荡城乡。

大　器

——许中正

汶川大震中，被压在废墟下的九岁男孩许中正，不仅不哭，还唱起了国歌。

压顶何曾些许惊，墟中亮起进军声。
驱邪正气仍然是，十亿中华望后生。

阳光小孩

——林　浩

汶川地震中，被誉为阳光小孩的林浩，他无论抢险救人，还是代表灾区孩子与姚明一起参加奥运会和春节晚会，都是那样冷静，微笑以对。

地陷林摇频覆巢，浩然笑对地天骄。
临危遇喜行无乱，一代阳光亮九霄。

①郭红英是电视台记者。

脊　梁

——童世强

汶川大震中，六年级学生、14岁的童世强，冒着生命危险，从摇摇欲坠的教室，一连抢救出二十多名幼儿。

飞身救幼童，大难见英雄。
仲淹若在世，捋须向苍穹。

可　贵（新韵）

——郎　铮

汶川地震中，被解救出名叫郎铮的三岁男孩，躺在担架上不哭不闹，还用小手给战士敬了个军礼。

小手施军礼，九州无不崇。
苍天垂热泪，人海一航灯。

致张伦诗友

生灵诚可贵，展目菊花黄。
洞悉冬将至，悠然对夕阳。

致董骏鸿诗友

阅历黄河广，仙情荡宇空。
一方文壮士，韵味伴长虹。

古绝·杨文玄·大鹏

扶摇九万里，横翅任北东。
听说去南海，回首在珠峰。

谢李教授旦初电话答疑

予之五绝《观物》：“树下蓝空碎，天晴鸟语新。拈须庭外坐，观物我成春。”中的“成”字，我本来认为是极具张力的神来之笔，可有人认为不易理解，不如“同”字好，不决之下，电话请教李旦初教授，他亦认为“成”字好。故以诗谢之。

当今韩愈是，圣火化冰心。
电话消云雾，鹰眸抵万金。

致老同学谷立山

老岁如何度？立三堪做幡。
豪情壶口浪，胸腑大平原。

致书家杨峰

公生之最爱，文墨是亲娘。
醒梦飞情愫，珠峰一白杨。

古绝·砥柱

——看电视剧《戈壁母亲》

千里寻儿父，投军刈荒蛮。
衣襟戈壁广，开怀翠河山。

古绝·老农

昨日入瓜地，老农话语真。
自家吃多少，全是给他人。

古绝·山鳏夫与田寡妇处对象

不管成不成，我把地锄完。
胸中一盆火，这下有靠山。

税　官

含熨斗心绪，靠清天栋才。
聚山河雨露，播禹舜情怀。

中国牡丹

曌令早开违自然，花仙昂首不屈权。
贬赊火炙色无改，倾国英姿万古鲜。

文化节主角——牡丹答记者问

主角今日有何说，露面源泉有幸多。
洛水太阳名导演，恩深老母是中国。

炊　诗

移步翠红院，敲诗簸米糠。
一心炊极品，先请弟兄尝。

东方春

柽柳舞鞭长，椿芽吐赤香。
嫩葱挥翠剑，原野菜花黄。

泰　然（新韵）

蜂闪红丛里，鸟鸣青叶中。
一身无挂虑，敲韵享平生。

微雨行

悠游甘露下，无帽享闲轻。
你是真君子，帮人不见声。

诗　余（新韵）

诗余挥地笔，横竖见真情。
大草喷豪气，楷书宗正风。

题牡丹文化节

色丽三江醉，姿奇五岳钦。
尽倾辞海美，难状牡丹春。

不倒翁

——读《刘恪山文集》有感

随日迈方步，或撑风雨舟。
一生无落魄，美好挂心头。

2012年6月21日日记（新韵）

步入八零后，生活照样香。
手中清菜垢，心里嚼诗章。

牡丹与人生

多彩鲜情韵，多姿见智肥。
影随牡丹走，步步向金辉。

凝目手控宫船对接致景海鹏

二次巡沧宇，领军挥手轻。
一腔酬国志，鹏翅展和平。

旧体诗艺术手法举要

一、先抑后扬法。色彩深浅、物体大小、光线明暗、气候冷暖、情绪忧喜等等之间的差距愈大，给人的刺激即愈加强烈。这样在人的脑海里便可打下深深的甚至终生难忘的烙印。这样的诗，即使采用白描手法，也可达到千古流传的效果。传说明朝解学士(解缙)曾以竹为题写过这样一首诗："雪压竹枝低，虽低不沾泥。一经红日晒，展手与天齐。"再明朝开国皇帝朱元璋也写过一首描写他创业过程的诗作，开首两句不仅平淡，且粗俗不堪入耳。是这样写的："公鸡一叫尾一撅，公鸡两叫尾两撅。三声叫出太阳来，横扫天上星斗月。"这前两句，确实太差，三句和四句却如海水，一浪高过一浪。

二、意象紧扣法。诗的选象和它要表达的情理，如能恰到好处地结合，也可增强它的震撼力，步入名诗的行列。如王之涣的《登鹳雀楼》："白日依山尽，黄河入海流。欲穷千里目，更上一层楼。"第一句和第二句，作者给我们形象地勾勒出了自己在层楼上观察到远处的和想象（作者在楼上是看不到黄河入海情景的）的美好景致，但是要看更远的地方，还是要再上层楼的。此诗之所以千古流传，就是因为意象选得恰到好处。在诗界广为流传的曹植的《七步诗》："煮豆持作羹，漉豉以为汁。萁向釜下燃，豆在釜中泣。本是同根生，相煎何太急。"也是因为作者当时的意象选择恰到好处，此诗之所以好，还是因为作者把釜中之豆拟人化，豆子会泣，豆子会说话，能代诗人质问出题人:“本是同根生，相煎何太急?”

三、典型细节法。选择人们不常见的细节，以表达主人智慧的、心态的诗，即使采用白描手法，也可收到掷地有声，令人久久难以忘怀的奇效。如王建的《新嫁娘词》:“三日入厨下，洗手作羹汤。未谙姑食性，先遣小姑尝。”此诗完全是实话实说，没有一个比喻词，也没有拟人化的句式，之所以千古流传，就是因为作为一个新媳妇，初到婆家下厨作饭，为了迎得婆婆对自己酿做的饭菜味道的满意，先让熟知婆母口味的小姑来尝，这个典型细节，即把新媳妇的聪慧，描绘得跃然纸上。再者，金昌绪的《春怨》:“打起黄莺儿，莫教枝上啼。啼时惊妾梦，不得到辽西。”这一诗中，选择了“打起黄莺儿”的细节，以表达闺中之人，心想远方丈夫的急切心情，也起到了异曲同工的效果。

四、举要囊括法。这种方法在写人物时多半用之。如杜甫在写诸葛亮的历史功业和遗恨的著名五言绝诗《八阵图》中这样写道:“功盖三分国，名成八阵图。江流石不转，遗恨失吞吴。”“功盖三分国”讲的是诸葛孔明的战略思想,“名成八阵图”说的是这位三国大军事家的智慧。作者仅举了两件事就把这位历史人物的历史功绩给我们概括了出来，且文字所流露的情绪很有气魄。

再如张祜的《宫词》，也是采取了类似的方法。“故国三千里，深宫二十年。一声何满子，双泪落君前。”这首第一、二句的“故国三千里，深宫二十年”就把一个宫女所受的苦难和寂寞囊括了出来，这个宫中女子是如何的坎坷呀！所以有了前两句的铺垫，那么第四句的“双泪落君前”，就成了顺理成章的事了。

五、合理夸张法。众所周知，在诗词写作中，夸张手法的应用，可以给诗营造一种较好的表情达意的氛围，但是必须合乎情理，否则就会给人一种虚假的感觉。不少名诗名句都具有这种特点。例如被选入教科书的柳宗元五言绝句《江雪》:“千山鸟飞绝，万径人踪灭。孤舟蓑笠翁，独钓寒江雪。”这其中的前两句显然就是采用了夸张手法，但人不感到是胡吹冒抡，而正是因为有了这两句，才烘托出“蓑笠翁”的顽强意志和不畏险恶的冷静和沉着。

以上是将“小”和“少”夸张成“大”和“多”的例子。另外，还有将“大”的或“雄伟”的说成“少”的和“小”的例子，这可以说是夸张的另一种形态。如当代诗人毛泽东在他的诗词中就不乏这样的例句。在他的名诗七律《长征》中，就有这样的句子:“五岭逶迤腾细浪，乌蒙磅礴走泥丸”，这里他把“逶迤”的“五岭”视为“细浪”，把气势“磅礴”的“乌蒙山”，看成了“泥丸”，作者正是利用夸张的另一种形式，把一位革命领袖的蔑视万难的博大情怀表达到极致的境地。

六、陪衬烘托法。在诗词创作中，有时为了描写某种情态，单从它本身的状态去写，反而达不到最佳效果。倘若从相反的方面去表现，则常常能达到相成的目的。如王维的五言绝句《鸟鸣涧》:“人闲桂花落，夜静春山空。月出惊山鸟，时鸣春涧中。”其诗的本意是表现春夜的静态的，但在描绘时除了第二句直述自己对春夜静态的独特感受外，其余三句均是以动态烘托静态。比如首句“人闲桂花落”，桂花落地的声音在一般情况下是听不到的，人不闲听不到，环境杂嘈也听不到；再如三句和四句，则是用惊鸟时鸣的动态来烘托春夜寂静状态的。

当然，正如绘画的背景与人物花草之间的关系一样，在诗的写作实践中，还可以以小衬大，以丑托美，以呆滞陪衬活泼等等，恕不再举例。

七、深广概括法。古典诗词的名诗名句之所以千古流传的深层原因，从根本上讲，还是由于其反映和描绘的情态、意境、理念和心绪，最广泛、最深刻地概括了人们的共同体验，从而引起了众多人们的共鸣。这就是好诗之所以好的成功秘诀。例如王勃的《杜少府之任蜀州》:“城阙辅三秦，风烟望五津。与君离别意，同是宦游人。海内存知己，天涯若比邻。无为在歧路，儿女共沾巾！”这首诗之所以成为千古名篇，就是因为其中具有令人拍案的名句,“海内存知己，天涯若比邻”。生离死别是经常发生的事情，是普通的谁也躲不开的规律。但面对这些，一些平常的“无为之辈”，总是哭得死去活来珠泪“沾巾”，而诗人王勃却显得非常达观，他的榜样，让不少人从中猛醒，轻松地走过了人生的坎坷。

八、沾连带出法。所谓沾连带出法。就是在古诗词写作中，犹如化学上的连锁反应，作者先出示一种事物或现象，然后写出与之有某种深层因果关系的现象、事物和感受，而这带出过程及其所带，是那样的新鲜、有趣，耐人咀嚼、回味。例如王维的《山居秋暝》:“空山新雨后，天气晚来秋。明月松间照，清泉石上流。竹喧归浣女，莲动下渔舟。随意春芳歇，王孙自可留。”这诗中的“竹喧归浣女，莲动下渔舟。”就是采用沾连带出法构架的。试想象，竹子的喧响而带出了浣女，莲枝、莲花或莲叶的颤动，接着驶出一叶渔舟，此景此情，不少人都见过，但不是每个人都体察得到的，经诗人的笔下生花，就给我们带来了无限情趣，一如咀嚼最后一粒花生米的情境。再如杜甫《绝句》:“江动月移石，溪虚云旁花。鸟栖知故道，帆过宿谁家。”其中的前两句“江动月移石，溪虚云旁花”也是很好的例子。“江动月移石”，有江水，有石头，有月亮，它们不是孤立的存在，而是石依水边，月照江水。当江水移动时，月亮就自然移动，这样看起来似乎是石头的移动，其实非石头在移动的现象，被诗人杜甫的慧眼发现了。再有“溪虚云旁花”，当小溪虚明如境之时，天上的云和岸边的花倒映在水中，如此看起来好像这二者本来很远的两件事物走在了一起。这都是诗人观察和体味的成果。再如“掬水月在手”、“野旷天低树”、“潮平两岸阔”、“风正一帆悬”、“柴门闻犬吠”、“风雪夜归人”。还有传说中的苏小妹新婚之夜给新郎秦少游出的对联的上联“双手推出窗前月”，对上了方准上床。秦少游苦思冥想，终于在苏东坡投石于水缸的启示下，才对出下联“一石击破水中天”的千古佳句，其构思方法均属此列。试想想，“推窗”而“月出”，“击水”而“天破”，多么有趣的诗句啊！

九、异类嫁接法。人类在几千年的生产、生活实践中，总是不断刷新着、创造着，例如将不同类别的动物或植物，进行交配嫁接，从而产生一种全新的品种。我们的古今中外的诗人，也将这种方法用来构架诗作，从而给诗增加了新的感受。其办法是在两物之间设置一个非常规的动词，从而将主语和宾语嫁接起来。例如“雨莅浮尘灭”这样的诗句。在正常的情况下，应当是“雨莅浮尘无”，但诗人却用了一个“灭”字，这样一来，“浮尘”就变成了燃烧的大火，想想也是，当风刮过或车轮飞过扬起的飞尘，其势也确像燃着的大火。

通过这样特殊动词的特殊架构，有的无生物变成了有生物，有的植物或动物变成了万物之灵的人。至少也使此物有了他物的特点或功能。如祖咏的《终南望余雪》:“终南阴岭秀，积雪浮云端。林表明霁色，城中增暮寒。”这首诗中的第二句“积雪浮云端”，所表达的意思是积雪处于云端之上，正常应当是“积雪于云端”，但作者不用“于”而用了一个“浮”字，就把“云”这种气体变成液态的“水”，前后两种表达方式，前者要比后者，生动得多，形象得多，诗味也浓得多。“孤云将(送)野鹤”（刘长卿《送上人》),“林暗草惊风”（卢纶《塞下曲》）等等，也都是采用此法的例子。

十、设置悬念法。一如谜语的作者一样，高明的诗家们总是采用因果倒置、自问自答和错觉自悟等多种方式，如相声的“包袱”一样，设置一个悬念，以增加诗的可读性。例如张继的山水名篇《枫桥夜泊》:“月落乌啼霜满天，江枫渔火对愁眠。姑苏城外寒山寺，夜半钟声到客船。”这首诗之所以在古代山水诗中极负盛名，屡代不衰。就是因为作者在时间线索问题上，采用了颠倒方式，起句“月落乌啼霜满天”，是写晨景，结句“夜半钟声到客船”，变成了夜半时分，中间“江枫渔火对愁眠”，是写一夜时光。

再如崔颢的《长干曲》:“君家何处住？妾住在横塘。停船暂借问，或恐是同乡？”一句是问，二句是答。再三句和四句应放在一、二句之前，也倒置了。显而易见，后二句是因，因果倒置成悬念。再如“错把巢湖当太湖”、“错认晨光是月光”，则属句式上的自问自答，均可以使诗作波澜起伏，增加无限韵致。

十一、增陌错位法。为了增加诗句的陌生感和新颖度，古典诗词作者还往往采用与通常语言相逆的词语错位的方法，如把“回眸”错位成“眸回”，把“前后”错位成“后前”，把“天地”、“上下”、“好坏”错位成“地天”、“下上”、“坏好”等等。这样既可解决正如清赵翼在《诗论》中所说的“李杜诗篇万口传，至今已觉不新鲜”的问题。还可解决“平仄”不合律棘手之困。例如拙作《致友人》：“来世无才用，诗词畅我心。影竹铺大道，人圣点迷津。”其中的第三句的“影竹”和第四句中的“人圣”，就是由“竹影”和“圣人”错位而成的，这样一来，不仅增加了第三句和第四句的陌生感和语言的张力，而且让两句的首两个字合乎了平仄的要求。

十二、回环重复法。古典诗词的表达意境很多时候，也像歌词一样，需要借助语言的句、短语和词的重复，制造一种韵律的回环美，以增加诗的表达力度。一如李商隐的《夜雨寄北》：“君问归期未有期，巴山夜雨涨秋池。何当共剪西窗烛，却话巴山夜雨时。”此时除了首句用了两个“期”字重复外，主要是“巴山夜雨”四个字的前后重复，二句的“巴山夜雨”是想象将来回家时与亲人团聚后谈论巴山夜雨的情怀，而此时此刻作者仍在巴山。两个“巴山夜雨”看似相同，而实际所表达的情绪却还不一样。这种重复句式的应用，最可表达一种缠绵的情致，但须意思曲折，才有风韵。

十三、拟人增味法。所谓拟人增味法，就是诗人在某种情境的刺激下，把非人性的树木花草、鸡虫鱼鸟、日月星辰、天地山海想象成人，用形容表达人类各种动作形象的词语来表达、描写非人类的有生物或无生物的各种宇宙现象，以增加诗词的情味。例如宋代诗人王质在其山水诗《山行即事》一诗，就有多处采用了拟人化的手法。“浮云在空碧，来往议阴晴。荷雨洒衣湿，苹风吹袖清。鹊声喧日出，鸥性狎波平。山色不言语，唤醒三日酲。”先看第一、二句，诗人把浮云在碧空中的来往飘动，想象成互相商量着该是下雨，该是放晴，一个“议”字，一个通常用来形容人间交谈的“议”字，用在了云与云之间，一下子把云人格化了。再看第六句“鸥性狎波平”，前者是描述动物，后者描写的是自然景观，但作者用一个“狎”字（用来表达两性之间不庄重动作的词），把前后两者都拟人化了。第七句和第八句，作者用“不言语”和一个“唤”字，把“山色”也拟人化了。由于多处采用了幻觉拟人法，此诗读起来就感人多了。再如拙作《雨后雾中》:“树羽衣纱俊，花唇衔露柔。身于水里荡，神去韵中游。”诗中的前两句，也是运用了拟人手法。“树羽衣纱俊”中的“衣”和“俊”，把“树叶”拟人化了,“花唇衔露柔”中的“唇”和“柔”，把“花瓣”也拟人化了。再者，还有将非物性的词语拟人化的，例如王缙《别辋川别业》:“山月晓仍在，林风凉不绝。殷勤如有情，惆怅令人别。”其中“殷勤如有情”就是将非意象词语拟人化的范例。

十四、直觉通感法。直觉通感法实际是一种感觉错位在诗词创作的巧妙运用。所谓通感，就是视觉、听觉、味觉、肤觉的各种感觉间的互相沟通，其表现形式为不同感觉间的因果错位。例如耳朵听到优美轻松的歌声，味觉却感到香甜；眼睛看到红色，皮肤即感到燥热难忍；嘴里品着冰糕，眼前就觉得平坦和宽敞等等。这种直觉通感手法并非现代诗的专利，实际在古典诗词中就有运用。生于1673年，卒于1769年的我国清代以诗选家和诗论家著称的大诗人沈德潜，其名诗《过许州》:“到处陂塘决决流，垂杨百里罨平畴。行人便觉须眉绿，一路蝉声过许州。”此诗的“行人便觉须眉绿”，即是这样的名句，十分耐人咀嚼，张力很大。作者所描绘的夏末初秋中的路途风景，树是绿的，田野是绿的，田野的树木的绿色把“陂塘”也映成了绿的，这一切本来通过视觉反映的，而在行人的感觉中，却是从须眉中获得的，胡须和眉毛，本来没有知觉，即使有，也只能归于肤觉的范围，现在须眉足然能感到色彩，足然变成了眼睛。多么新鲜的警句啊。再如拙作《达·芬奇名画〈蒙娜丽莎〉》:“微笑经天广，神眸知世深，四年磨一剑，闪亮震乾坤。”其中的“闪亮震乾坤”一句就是由视觉转化为听觉的通感的例子。

十五、景名状景法。不少名胜风景区的名字，就是根据当地风景特色而命名的。这些句子，有的是动物，有的是植物，还有的是自然风光和圣贤名字，如“鹳雀楼”、“桃花洞”、“杏花村”、“壶口瀑布”、“桑干河”、“大禹渡”、“圣人涧”、“鸟鸣涧”等等。这里所说的景名状景法，就是借助这些景名，如“鹳雀楼”的“鹳雀”，“桃花洞”的“桃花”，这些动植物词汇所代表的地方特色和意象，以状写当时当地的自然景观和诗人的情怀。如清代诗人胡会恩的《珠江杂咏》:“我爱珠江好，风光入岭偏。帆飞蝌斗水，杖倚鹧鸪天。穗石仙宗古，花田粉泽艳。扶胥望不极，身在海云边。”这首诗中的中间四句，都是当地特色景观名字直接状述，“帆飞蝌斗水，杖倚鹧鸪天”两句，更是借名状景的典范,“蝌斗水”是珠江附近的一条水的水名，“鹧鸪”是离珠江不远的一座山的名字。“帆飞蝌斗水，杖倚鹧鸪天”前者是水上的情景，后者是诗人行踪。诗人立足在鹧鸪山上，水上帆飞则更见气象生动。蝌斗水诚然是地名的拈出，却又是春水多蝌斗的形象写照。鹧鸪天也诚然名合山名，却暗切岭南多此鸟，春来常啼鸣的景象。再如崔颢的《黄鹤楼》的前四句“昔人已乘黄鹤去，此地空余黄鹤楼。黄鹤一去不复返，白云千载空悠悠”也是借名抒怀的典型例句。

十六、玄想添妙法。所谓玄想添妙法，就是诗人为了表达某种内心深处的情绪和想法，所采用的一种令人耳目一新的奇思妙笔。例如晚唐诗人唐温如的山水名篇《题龙阳县青草湖》:“西风吹老洞庭波，一夜湘君白发多。醉后不知天在水，满船清梦压星河。”这首，在为数众多的咏洞庭湖的诗中，可说是别具一格。我们可用奇趣横生、奇思放想来概括它的特征。此诗之所以给人耳目一新之感，除了第一句“西风吹老洞庭波”，采用了拟人化的手法之外，主要在第三句和第四句的玄想奇特，“醉后不知天在水，满船清梦压星河”。他在醉后的幻觉中，独特地领略到天空倒映水中的洞庭夜景。“清梦”被诗人夸张成某种气体、液体或固体的物件，足然装了满满一船。而“清梦压星河”更是异想天开，其实“清梦压星河”这个句子也合乎情理，在万里无云的夜空，天上的星河倒映在静如明镜的水面，而船只所在地方不见了天上银河的倒影，那当然是被满载“清梦”的船只压在了它下面。

此诗之所以成功，就是在于它采用了玄想填妙法。再如拙作《老境》:“步入古稀年，悠然一酒仙。诗空揽日月，梦里望河山。”也是采用了这种方法。

十七、多矢向心法。在旧体诗词写作中，为了突出表达出一种现象、意义、情绪或心态，往往采用不同说法的句子进行架构。例如王安石的七言绝句《钟山即事》:“涧水无声绕竹流，竹西花草弄春柔。茅檐相对坐终日，一鸟不鸣山更幽。”就是采用多矢向心法构思的。《钟山即事》的中心，是写钟山之静。第一句，溪水围绕着竹林，无声地流转着，从溪水上显出静；第二句竹西花草，在春意中摆弄着柔软的姿态，从花草上显示出静；第三句“茅檐相对坐终日”，整天坐看山景，从诗人的行为上显示出静；最后一句“一鸟不鸣山更幽”，这句是王安石从王籍的诗句“鸟鸣山更幽”化出来的，王安石认为“鸟鸣山更幽”，不如“不鸣山更幽”，这是从飞鸟上展示出静。

十八、交错重组法。所谓交错重组法，就是诗人在一首诗中，站在不同角度，把一定境界中的意象或风景，进行多次重新组合，以增加诗句的情趣和韵味。当然这种组合也要合理，不是作者的随心所欲的拉郎配。例如南朝诗人范云在其山水名篇《之零陵郡次新亭》的“江干远树浮，天末孤烟起。江天自如合，烟树还相似。沧流未可源，高帆去何已”。这首描写长江气象的诗作，之所以给人别具一格的艺术感受，就是因为作者采用了交错重组法。作者在这首诗里，主要写了四样景：江、天、烟、树。作者在第一句中，是把“江”和“树”组合在一起，从而表达了站在此岸，远眺江对岸上树的情景，那些远树就好像在水面上浮着似的。第二句是把“天”和“烟”组合在一起，再次把镜头拉开，诗人极目眺望，一直看到天边的孤烟。第三句是作者把第一句的“江”和第二句的“天”组合成一句，“江天自如合”以表达“江”和“天”难以分清的感受。第四句是作者把第二句的“烟”和第一句的“树”结合在一起，“烟树还相似”抬头看远处的“烟”和“树”，也是很难分清哪些是“烟”和哪些是“树”的。这种交错重组法的诗作，还给人以音乐上的回环美。

十九、借典抒怀法。所谓借典抒怀法，就是借助历史典故以抒发自己的情怀，表达自己的思想和意愿。例如唐代著名诗人陈子昂在其山水名篇《度荆门望楚》中，就采用了借典抒怀法。“遥遥去巫峡，望望下章台。巴国山川尽，荆门烟雾开。城分苍野外，树断白云隈。今日狂歌客，谁知楚人来。”这首五言律诗的最后两句“今日狂歌客，谁知楚人来”就是借典为诗的例子。《论语·微子》中载，孔丘去楚国，楚狂人接舆唱着“风兮”之歌，走过孔丘车前，进行嘲讽。这是作者借助楚人形象，以表达自己对当时社会的不满情绪。

二十、名句化活法。所谓名句化活法，就是作者把历史上已有诗句进行缩减改造，以为己用。活用可分两种，一是句型的活用，二是句意的活用，《钟山即事》中提到王安石的“一鸟不鸣山更幽”就是从王籍的诗句“鸟鸣山更幽”反其意而活化出来的。再如毛泽东的七律诗《人民解放军占领南京》：“钟山风雨起苍黄，百万雄师过大江。虎踞龙盘今胜昔，天翻地覆慨而慷。宜将剩勇追穷寇，不可沽名学霸王。天若有情天亦老，人间正道是沧桑。”这首诗中的“天若有情天亦老”就是毛泽东借用了唐代李贺《金铜仙人辞汉歌》中的名句，其活就活在赋予了原句新的革命内容。

二十一、改变角度法。对于一件事物，无论是对于一座山抑或一个人，往往因为所站的角度不同，就会产生各异的效果，文学作品最忌落套、撞车，因此无论在构思抑或语言的设置方面，都应注意选择新的、出人意料的角度。旧诗的语言的构思，也概莫能外。例如王安石的山水名篇《书湖阴先生壁》：“茅檐长扫净无苔，花木成畦手自栽。一水护田将绿绕，两山排闼送青来。”其中的第四句，就是一个典型的例子。“两山排闼送青来”，此时此刻，本来是诗人看见了两座青山而为之激动不已，但作者却改变了角度，设想是两山看见了湖阴先生的美好的住处，干净屋檐，茂盛的花木，绿田的水波，而主动锦上添花，送“青”来的。再从诗的构思方面来说，例如一般写登山的诗，都是写作者在山顶看到的情景，但我写山却是从山外写山，例如最近我写了两首关于五老峰的诗，一首是站在远方看五老峰，一首是，处在山腰想象五老峰上的美景。《过五老峰》是这样写的："高下无需论，肥瘦存自然。五名东海客，静坐柱长天。"另一首七绝，《上五老峰》的内容是："欲约三江入目中，为邀五岳旷怀胸。几条壁陡摘星路，不借天车信步登。"

二十二、奇思增新法。所谓奇思增新法，就是通过出人意料的奇思性增加诗的新鲜感。例如拙作《壶口瀑布画像》，就是采用这种方法，壶口瀑布是世界上有名的旅游景点，诗人墨客留下的诗篇佳句浩如烟海。怎样在壶口诗作中出新，我开始在生活的海洋里游走，不久贮存在我脑海中的"嘴上常叼一支烟"的二流子形象和"冬天壶口崖边悬挂的冰滴流"的景象发生了碰撞，于是就产生了给"壶口瀑布画像"的七言绝句："黄雾腾腾上九天，长虹日映瀑斑斓，冬闲爱演滑稽戏，嘴角常叼几支烟。"这首七言绝句，如果没有后两句作为中流砥柱，就陷入了一般化的泥潭。诗中，有时还可借助一个动词妙用，让想象飞跃起来。例如宋代诗人惟茂的《住天台山》："四面峰峦翠入云，一溪流水漱山根。老僧只恐山移去，日午先教掩寺门。"这首佳作的第三、四句，就是奇句，就连第二句中的那个"漱"字，也选得十分生动，作者竟然把溪水想象成刷牙时的漱口水，把山根当成"牙床"和"牙"，多好呀，真让人拍案叫绝。

二十三、明题减坡法。有些咏物诗读起来不容易进入诗人描绘的境界，也就品不出其中妙处和韵味。为此古今诗人往往在诗的标题上做文章。例如拙作《颐和园石舫》："初交言远去，为友举行觞。十载重相聚，仍云即起航。"起初征求朋友意见时，朋友急忙看不懂其中的深意。于是我便讲了我这首诗的写作过程。我有个文友，每次见面都说他在文艺创作方面准备大干一场，但每次见面还是原来的样子，这就让我想起 1994 年和 2004 年两次去北京参观颐和园石舫所产生的感受，我这位文友和那石舫何其相似啊！于是最后定稿时，在原题后又加了三个字“兼赠友”，变成《致颐和园石舫兼赠友》。这样，读者进入诗境就容易多了。

二十四、特征把握法。凡艺术作品，归根结底都是客观事物在艺术家头脑的直接或间接的反映，诗当然也不例外。所谓特征把握法，就是作为一个诗人，也必须学会善于把握事物的特点，并巧于用简洁的笔墨去表现它。唐宋八大家之一苏轼的《六月二十七日望湖楼醉书》是:“黑云翻墨未遮山，白雨跳珠乱入船。卷地风来忽吹散，望湖楼下水如天。”就是一个善于把握事物特征的典型范例。作者在诗中把夏天下阵雨的过程，云来、雨降、风吹、天晴的各个阶段的特点，无论是用比喻还是用直述，都写得准确到家了。例如用“翻墨”来形容夏天猛雨的云，用“跳”来表达夏雨猛烈的程度，就连吹散云雨的风，也用了“卷地”二字，其把握事物特点和选词用字的准确程度已达到了极致，无怪此诗令人过目不忘，千古流传。

二十五、画龙点睛法。所谓画龙点睛法，就如编写楹联一样，无论上联还是下联，都是写作的铺垫，而“横批”才是点睛之笔。例如拙作七绝《新貌》就是采用这种方法。其诗为:“北院绽放南院花，南邻垂下北邻瓜。门铃格调同声韵，一扇绿墙香两家。”这诗中的一、二、三句都是画龙，第四句的“一墙香两家”才是点睛之笔。再者，点睛之法还可将一首字和句本来都较为平庸的诗，由于一句话或一个字的精心挑选而使诗的韵味倍增。例如宋代诗人王安石的名篇《泊船瓜洲》:“京口瓜洲一水间，钟山只隔数重山。春风又绿江南岸，明月何时照我还。”就是一个很好的例子。此诗除了第四句有点味道外，一句和二句均属不加修饰的平庸之笔。惟独第三句“春风又绿江南岸”的那“绿”字用得神妙，一下子让诗有了闪光点，从而提高了该诗的品位。

二十六、避重借代法。在诗的写作过程中，有时同一个物象，需要多次出现，但多次出现又显得复繁，为了解决这一难题，智慧的诗人往往借助这一物象的部分特质，重新组成一个名字，以替代的方式再现诗中。例如白居易《赋得古草原送别》:“离离原上草，一岁一枯荣。野火烧不尽，春风吹又生。远芳侵古道，晴翠接荒城。又送王孙去，萋萋满别情!”这首诗是写“草”的，一般来讲题目已经出现的物象，最好诗的内容上不要出现，这是上上策，而此诗由于内容和题旨的需要，需要草的多次出现。但诗的第一句就把草写出来了，为了克服重复的弊端，作者在第五句用“远芳”在第六句用“晴翠”，以代替草这个物象给人以新的感觉，这“远芳”中的“芳”，“晴翠”中的“翠”都是草的部分特征。笔者在为诗中，也用过此法。例如被《诗刊》留用的拙作《刺槐》一诗:“年年供绿厦，五月送清香。竖刺焉何是?飞针乃伴航。”这诗中的“竖刺”和“飞针”指的都是同一的物象，“飞针”是“竖刺”的借代。

二十七、谐音寓意法。在日常生活中，不少思维灵活的人，往往借用词音来表达自己不好意思直接说出的想法。例如唐刘禹锡《竹枝词二首》(其一):“杨柳青青江水平，闻郎江上唱歌声。东边日出西边雨，道是无晴却有晴。”此诗的后两句“东边日出西边雨，道是无晴却有晴”的“晴”字与“情”字的谐音，表达了江岸上那位男朋友来给江上乘舟的女主人送行的情意。再如，我的两个孩子都在省城机关任职，他们屡屡让我到城市生活，而几十年在乡下生活的我，实在不忍离去，便写了一首七言绝句《老树》，以表明心意：“叶枝翠翠茂城市，老树一何居远林。鸟语溪歌成嗜好，雨风百代野根深。”这诗中的老树的“树”字与我这名七十五岁的老父的“父”字，字音相谐。

二十八、情趣增色法。如果说“诗意”是诗的灵魂和骨髓，那么情趣就是诗的血肉。在众多的文学样式中，对诗来说，情趣可以说是它的第二生命。诗之情，这早已为人们认可，惟独与情相连的这个“趣”字，在旧体诗的操作过程中，未必人人时时都能放在心上。所以为诗者，应千方百计在“趣”字上下功夫，让诗丰富鲜亮起来。诗的情趣可以通过情节的选择，语言的雅致和俚俗，拟人化的技巧，形象的选筛和字句的推敲等，种种方法来实现。例如苏轼的七言律诗《新城道中》:“东风知我欲山行，吹断檐间积雨声。岭上晴云披絮帽，树头初日挂铜钲。野桃含笑竹篱短，溪水自摇沙水清。西崦人家应最乐，煮葵烧笋饷春耕。”第一句的“东风知我”和第二句的“吹断雨声”，就十分有趣，在这里东风有了生命，“雨声”可以“吹断”，多有意味。第三句和第四句属于“象”趣，岭上的白云象絮帽，“树头”的“初日”变成“铜钲”，其烘托的意境多靓丽啊！第五句和第六句就属于理趣。再如秦观的《还自广陵》：“天寒水鸟自相依，十百为群戏乐晖。过尽行人都不起，忽闻冰响一齐飞。”天寒冰冻，水鸟相互依偎在一起，已见诗趣，情态逗人喜爱。“十百为群戏落晖”，在夕阳光照下，成群结队地嬉弄玩耍，诗趣又进一层。仅此二例，已足见诗趣的在诗作中的重要性。

二十九、旧瓶新酒法。所谓旧瓶新酒法，就是借助原有篇什的诗韵、组句格式，甚至原句，输入新的内涵以表达全新的情绪和题旨。用原句写诗的方法，以往已有，叫做集句，按照前人原韵写的诗叫做“和诗”或“步原韵”，但已有例在先，这里均不详述。现就组句格式方面，试举几种类型略加阐述。一种是拟人化因果型同字重复句式。如拙作《山村新姿》:“喜鹊回乡喜若惊，万秋坎巷展秋秤。儿童戏作旱冰场。盲嫂闻风笑出声。”其中第一句“喜鹊回乡喜若惊”艺术性就较强，值得作为一种“旧瓶”，进行灵活仿照。二是错觉性因果句式，如“天阴晚来早”，“巷窄院墙高”等。三是理喻型双连矛盾句型。即所构架的诗句之间，既有相同的一面，又有矛盾的一面，以状抒诗人的两难心绪。如拙作《人间》：“雨莅浮尘灭，云消天海鲜。奢求件件好，上帝亦难全。”其中的前两句就属此类型。在艺术实践中，类似的可供参考的句型很多，这里不一一举例。

三十、形似蛇足法。有些诗的篇章布局，初读起来似乎不合艺术逻辑，给人一种画蛇添足的感觉，细想起来却令人回味无穷，也在情理之中。例如杜甫的《客至》:“舍南舍北皆春水，但见群鸥日日来。花径不曾缘客扫，蓬门今始为君开。盘飧市远无兼味，樽酒家贫只旧醅。肯与邻翁相对饮，隔篱呼取尽余杯。”就是这样。试看此诗结构布局，首联是写景并点时令，从“鸥来”兴起“客至”；颔联是正写客至，花径不扫，蓬门常关，可见少陵那时的闲澹；颈联是写殷勤款客之情，市远家贫，都是实事，并无虚文客套，可见宾主间的交往程度。读到这里按一般生活规律，最后一联应当是写主宾历史交往或者写今天客来意图，或议事或论文。但出人意料的是主人提出让“邻翁”陪酒，以活跃畅饮气氛，“肯与邻翁相对饮，隔篱呼取尽余杯”作结，给人以峰回路转，不知所来的感觉。这末联的转，似乎有点离题，其实细细读来，也在情理之中，正因为宾主特别熟稔，为表达自己的感情，方才提出让邻翁前来陪酒。

三十一、颠倒语序法。所谓颠倒语序法，就是把通常的语言顺序颠倒过来，有主语和谓语颠倒的，有定语和主语颠倒的。之所以这样有时是出于对仗的需要，有时是出于叶韵和平仄的需要，还有的是为给语言增加一些新颖感觉。一如拙作《枣乡三月》：“花卉争妍实可怜，红黄白紫各呈鲜。爱雅枣林成嗜好，虬枝墨画饰园田。”其中第三句“爱雅枣林成奢好”，按通常的语言顺序，显然是说不通的。枣林怎么能成嗜好呢？只有枣林的爱雅行为才能成嗜好。这句诗的构思就是采用了语序颠倒这一方法，如不这样，就不符合本句的位置的平仄的要求。再如宋代诗人陈与义的《襄阳道中》：“飞花两岸照船红，百里榆堤半日风。卧看满天云不动，不知云与我俱东。”的第一句“飞花两岸照船红”中的前四个字，按通常的语序应当是两岸飞花，作者之所以如此，也是因为这首诗总体上来说应当是平起，如果说两岸飞花，就不合律了。

三十二、重叠修饰法。所谓重叠修饰法，就是将修饰语，再加以修饰，以增加被修饰对象的情味。例如拙作《迎春花》：“敲诗谷径正徘徊，何处馨香吻客腮？簇簇花团崖半挂，铜锣亮嗓报春来。”其中的第四句“铜锣亮嗓报春来”中的“铜锣亮嗓”就是采用叠加修饰法而精心构思的。从上下诗句来看，第四句的铜锣是第三句的花团的比喻，米黄色的迎春花团，确实像铜锣，但如说“铜锣报春来”，不仅有点不好理解，且又欠生动。老实说这句诗的初稿，我也曾试图用铜锣当当报春来，但当当这两个拟声词，不仅是平声，在此无法使用，即使能用也有点不够高雅和含蓄。最后我把铜锣来了个拟人化改为铜锣亮嗓报春来，这样一来就大大增加了诗的生动性和情趣性，不仅我感到满意，不少诗友也觉得新鲜，令人回味。

三十三、迂回表述法。所谓迂回表述法，就是为了增加诗的含蓄度和新鲜感，作者采取的一种力避通常说法的一种绕弯子的表述手段。现引两首同样是写反战情绪的诗来作比较。一首是曹松的《己亥岁》："泽国江山入战图，生民何计乐樵苏。凭君莫话封侯事，一将功成万骨枯。"这首诗的反战情绪的表述，均是采用一般的直接表述法，特别是三句和四句，"凭君莫话封侯事，一将功成万骨枯"更是直述胸臆，直截了当。这种方法的优点是易于理解，但也容易落于俗套。如刘济的《出塞词》："死是征人死，功是将军功。"刘潜夫《国殇行》云："呜呼诸将官日穹，岂知万鬼号阴风。"以上几种，尽管各自的说法各异，但均属通常表述范围。而刘贡文的反战诗《咏史》却是这样写的："自古边功缘底事，多因嬖幸欲封侯。不如直与黄金印，惜取沙场万骷髅。"这首诗反战情绪的表达却是采用另一种正话反说的形式，"不如直与黄金印，惜取沙场万骷髅"这两句不仅新鲜，有趣，且很有力度，像一把尖刀直刺那些不惜战士生命，作战贪功，纯粹是为了个人升官发财的所谓将军。刘贡文的另一首《绝句》："青苔满地初晴后，绿树无人昼梦余。唯有南风旧相识，径开门户又翻书。"这诗中的第二句"绿树无人昼梦余"中的"昼梦余"的表达，耐人寻味，作者不说"绿树"下的"无人"是因为主人睡午觉去了，而是说这里是"梦之余"是没有白日梦的地方。

三十四、同名互喻法。所谓同名互喻法，就是将同一首诗中所描绘某种实物的两个实词，进行相互作比，以增强诗的循环美和形象美。如拙作《少林寺塔林》："翠林巍似塔，赭塔直如林。运步清幽处，恍然佛在心。"诗中的前两句就是采用这种方法构思的。这首诗其主题是写塔林，而塔林中确实松柏森森，有如众塔高耸，我就先以塔喻林，同时园林中之塔又特别多，接着以林喻塔，"赭塔直如林"，这样一来，塔如林，林如塔，不仅形成一种音乐的回环美，并切实反映了塔林的真实，使人读之如身临其境，增加了诗的韵味。

三十五、书名造境法。所谓书名造境法，就是诗人在创作过程中，借助含有景物的书名或书名本身就是一种比喻的词语，用来造境，以抒发作者的主观情怀。在文化界，不仅大多数文艺书名是景物性的，如郭沫若就有一本诗集叫《东风集》的，而且还有不少非文艺作品性书籍也贴上了景物的标签。例如明代学者洪自诚将自著的论儒、释、道的笔记的书立了个《菜根谭》的名字，清人袁牧和吴乔还分别把自己的诗论性的书称作《随园诗话》和《围炉诗话》，宋人蔡正孙更是把所撰的自晋至宋的诗家选集，命名为《诗林广记》。这些书名中的"菜根谭"、"随园"、"围炉"和"诗林"，均可用来给诗作造境。笔者的拙作《品陶诗〈饮酒〉有句》就巧妙利用了《诗林广记》书名中的诗林二字进行造境。全诗是这样的："三伏人生势若封，诗林路口遇诗宗。并肩采菊东篱下，一股清风透心胸。"这诗中的第二句"诗林路口遇诗宗"，就是借名造境。《诗林广记》共选了自晋至宋共五十九位诗人，而陶渊明位居其首，"诗林路口"见到"诗宗"就不仅确切而且巧妙，读来给人以新鲜感，令人回味反复。

三十六、关锁浓味法。所谓关锁浓味法，就是在诗的构思造词用字过程中，要离题不十分远，并且要处处关锁紧密，只有这样读起来，才能有较浓的意味。例如白居易的《问刘十九》:“绿蚁新醅酒，红泥小火炉。晚来天欲雪，能饮一杯无?”一诗，无论从整体诗的结构，各句之间，各字词之间，诗与诗题之间，都是天衣无缝紧密关联的。此诗前两句相对，因看到新醅之酒，而看到温酒的“小火炉”，因“小火炉”而觉天寒欲雪，但又觉独饮无味，所以邀人共酌。“能饮一杯无”这句诗即含有邀请的意思，又作出切题的具体表达，展示其问的神态。题目中有问字，如果诗句再出现一个问字，那就是离题太近，给人一种复繁的印象，如果诗中没有这种问的神态，那就有点离题太远。诗不是论文，各个小部件之间的联系，要以含蓄的形式，达到紧密联系目的。再如李白的《玉阶怨》:“玉阶生白露，夜久侵罗袜，却下水晶帘，玲珑望秋月。”诗题标了一个“怨”字，四句诗二十个字，句句含有“怨”字，但句句又无“怨”字，站在夜露中等人是怨，因久等不到把罗袜都侵湿了是怨，生气地放下水晶帘是怨，在水晶帘内无助地呆望秋月，更是怨，且句与句之间联系紧密，毫无疏离之嫌。

三十七、情怀直抒法。一般来讲，不管抒情的还是明理性诗作，多数都采用含蓄的手法，但有一些诗，特别是在赠友诗的起、承、转、合的起这道工序上，采用直抒胸臆的方法。如李白的《赠孟浩然》:“吾爱孟夫子，风流天下闻。红颜弃轩冕。白首卧松云。醉月频中圣，迷花不事君。高山安可仰，徒此揖清芬。”作者一开始就表明自己对孟浩然的态度，“吾爱孟夫子，风流天下闻”。一个“爱”字，不仅表达了自己的情怀，也为全诗设置了一个悬念，开了一个好头，使人不得不逐读下去。再者，还有全诗每一句都是直抒胸次的，如杜秋娘的《金缕衣》：“劝君莫惜金缕衣，劝君惜取少年时。花开堪折直须折，莫待无花空折枝。”此诗述理明白如话，但却流传千载，根植人心，何也？这是因这首诗所阐述的道理，对年轻的生命具有非常普遍的指导意义，也就是说它最广泛地概括了生活，古今中外的人，谁读都为之动心动情。此诗的成功，虽然语言上不是那样含蓄，但却符合笔者在前面提出的深广概括法的创作思路。

三十八、原句引入法。在古典诗词的写作中，或因诗体的需要，或因情境的需要，往往将前人的诗句原封不动地搬来，加以利用。例如毛泽东的《浪淘沙·北戴河》:“大雨落幽燕，白浪滔天，秦皇岛外打鱼船。一片汪洋都不见，知向谁边？往事越千年，魏武挥鞭，东临碣石有遗篇。萧瑟秋风今又是，换了人间。”其中“东临碣石”就是引自一千七百多年前的建安文学的开创者和领导者曹操的四言名篇《观沧海》的第一句，毛泽东的“北戴河”和曹操的“观沧海”是状写两位不同时代的历史人物在同一环境下的既相似又不尽相同的感受的。因此毛泽东的“东临碣石”的引用既隐指曹操的诗篇，也隐指曹操当时的环境，其目的在于“萧瑟秋风今又是，换了人间”中的“换了人间”。无独有偶，笔者在未总结出此法之前，在写作的实践也曾用了此法。如前所述，我在七绝《品陶诗 < 饮酒 > 有句》中，也引用了陶诗的《饮酒》中的“采菊东篱下”的原句，当时我之引用原句，是为我的走出三伏人生的困境服务（详细参考第三十五法书名造境法中所引用的拙作）。

三十九、神话借助法。什么是好诗？凡是让人读后感到新颖奇特，能引起共鸣，或给人以启迪的诗句，就是好诗。今古不少有名的诗人，往往借助传说或神话，来表达自己的意愿。白居易的《月中桂》就是一个典型的例子。“遥怜天上桂华孤，试问嫦娥更要无。月宫幸有闲田地，何不中央种两株。”人生不能没有困惑，没有挫折，问题是当困惑和挫折来临时，怎样面对它，摆脱它。对于这样一个人生主题，白居易的艺术表达，可谓匠心独具，他借助向神话中的嫦娥发问的形式来写，无怪人们读了拍案叫绝，久久难忘，无怪诗评家诚斋云：“诗有惊人句，乐天此诗是也。”

四十、借题生辉法。诗是一种机智的艺术，只要我们目光敏捷不愁写不出好诗，借题生辉法就体现了一种为诗的艺术机智。所谓借题生辉法，就是借助诗题或诗中的个别词语，通过想象而生发出令人叫绝的好句子。例如袁枚在《随园诗话》中，就举过这样的一个例子。有一个叫赵贵的诗人，其曾祖某在《题天圣阁》一诗中，曾这样写道：“天在阁中看世乱，民从地上作人难。”诗人把天想象成人，他在高阁中观察乱世，多好的多巧的诗句呀。笔者在拙作中，也曾用过此法。笔者年轻时就读的闫景中学，设在一个有名的财主李之用外号李善人的大院里，新近进行旅游开发，为宏扬李善人乐于散财的精神，在全国开展征联征诗活动。我在一首题为《李家大院游目》的诗中，就曾这样写道：“春月李花又盛开，幽香阵阵淡尘埃。频频施血解民渴，恍恍一尊大佛来。”其中第一句“春月李花又盛开”，就是从诗题中李姓的李字与桃李的李字的同音同字却有不同意义的特点而生发出来的。

四十一、紧密信息法。一首好诗应当像一种先进的手机的显示屏，让有限的方寸之内，能容纳更多的形象和理念的信息，从而让读者引起更多的遐想、彻悟，得到更多的享受。如苏东坡的《汲江煎茶》：“活水仍须活火烹，自临钓石取深清。大瓢贮月归春瓮，小杓分江入夜瓶。雪乳已翻煎处脚，松风仍作泻时声。枯肠未易禁三碗，坐听山城长短更。”全诗共八句，不仅每句有一个主要的综合性信息，且仅七个字的每一句，还包涵着多种信息，亦即多层意思。例如第二句“自临钓石取深清”，就具有五层意思：水清，是其一；深处汲取者，是其二；石下之水，没有泥土，三也；石乃钓石，非寻常之石，四也；东坡自汲，非派别人汲水，此其五也。再如“大瓢贮月归春瓮，小杓分江入夜瓶”这副对联，也各有多层含义，瓮与瓶皆为存水之器，这是其一；春和夜，是苏东坡从桶内向瓮和瓶内灌水的时间，即春夜，这是二；江和月是说水的来源是江水，月是说储水时把桶内之月也贮入了瓮中，这是其三；杓和瓢，是勺水用的工具，这是其四；大和小是形容取水工具的形状，这是其五。由此可见，在为诗的过程中，蕴涵的信息愈多，诗的形象和感人程度也就愈大，同时诗就更显出精炼性和耐读性。

四十二、误判增味法。所谓误判增味法，往往是诗作者根据生活实践中，人们对类似现象与本质之间的错误的判断而衍生出来的。表象与本质，症状与病因，语言与内心，在一般情况下是一致的，成正比例的，但也不一定，事实是一种事物表象，往往有不同的深层原因，这就很容易引起误判，这往往发生在涉世不深者或观察不够细微者身上。诗家之所以采用误判法，其目的在于提高作品冲击波，激起读者情绪反差，并给其留下深深的烙印。如苏东坡的《纵笔》:“寂寂东坡一病翁，白须萧散满霜风。小儿误喜朱颜在，一笑那知是酒红。”就是一个例子。苏东坡的朱颜是现象，脸红是现象，但造成脸红的原因很多，一种是年纪虽大但身体好，鹤发童颜，一种是喝酒多了脸往往发红。诗中所表达的情景，正是诗中的儿童，对苏东坡朱颜的误判，苏东坡笑了笑说，你们哪儿知道我这是喝酒后引起的脸红，这一误判能引发多者反差。对儿童来讲是由喜转为愧疚，即不好意思，对诗中的主人公来讲，是由“寂寂”的颓废情绪，转为开怀畅笑。

四十三、四维归一法。所谓四维归一，就是在同一时空，作者用眼睛观察到四种有趣的图景，以表达其内心深处的情致。如吴均《山中杂诗》:“山际见来烟，竹中窥落日。鸟向檐上飞，云从窗里出。”就是一个典型的例子。细品诗中之展现，无论是山际之烟，竹中之日，还是上飞之鸟，窗里之云，这一切的一切，所表达的作者内心的幽深意致，都是作者先目领而后神会出来的。再如我们熟知的杜甫的七言《绝句》：“两个黄莺鸣翠柳，一行白鹭上青天。窗含西岭千秋雪，门泊东吴万里船。”亦属四维归一法所构思来的。所以如此，因为诗中所描绘的四种景致，也可以说四张照片，无论是柳树上争鸣的两个黄莺，还是正向青天上飞去的一行白鹭，抑或窗外的千年冷雪或等待驶向东吴的万里船只，都是作者于同一时空所拍摄的。而这一组画面，正反映了作者的幽闲情怀。为什么要用同类型画面来表达一种情绪呢？诗讲求语言精炼，这不重复吗？不，这样写是出于表达的需要，因为诗还讲求含蓄，而像杜甫的《绝句》和吴均的《山中杂诗》所表达的情致又是隐藏很深，只用一两个画面读者是很难心领神会的，而只有多设置几个类似的画面，读者方能悟到。

四十四、成语换面法。所谓成语换面法，就是在诗词写作中，将人们所熟知的成语改头换面，让其所表达的蕴含为诗词的内核服务。事实上在诗词写作中成语的运用，也非改头换面不可，这不仅因为诗词格律字数的限制，成语很难完整入诗，更重要的还在于诗词要求语言要新，成语原样入诗势必给人一种平庸和陈旧感。在这方面我有实践，现举一例。万荣县阎景村民族资本家李子用外号“李善人”的李氏家族，就是以善于聚财又乐于散财的富商，其旧居新近被开发为旅游景点李家大院。我去采风，写了一首七言绝句，为了表达他扶贫济困精神，诗中我引用了“雪中送炭”这个成语的内蕴。诗是这样的：“春月李花又盛开，幽香阵阵淡尘埃。雪临炭莅山川暖，运目恍然猗顿来。”这首诗中的第三句中的“雪临炭莅”四字就是“雪中送炭”的改头换面。

四十五、明赋暗比法。所谓明赋暗比法，就是从语言的表达方式方面而言，是赋的形式，而就语言内容和形式而言，却起到了对比的效果。例如杜牧的《过勤政楼》：“千秋佳节名空在，承露丝囊世已无。惟有紫苔偏称意，年年因雨上金铺。”这首诗是杜牧借助自己路过勤政楼之所见，以表达自己的感伤之情的，亦即借往日勤政楼之“佳节”和“承露丝囊”的两组较为具化的词字，以表达“勤政楼”之繁华，但在语言表达上却采用了否定的句式。“千秋佳节名空在，承露丝囊世已无”。后面的两句写的是今日紫苔之盛，实际上使人愈加感到的是“勤政楼”今日之衰。一衰一盛，一盛一衰，读来回味无穷。这种“明赋暗比”的写诗手法，不仅让主人公的感情表达，思绪起伏，顺利成章，而且比一般比喻新颖别致。

四十六、讳名用事法。诗讲求形象含蓄，讳名用事法亦属含蓄的手法之一。所谓讳名用事法，就是在诗词酿制中，只描写实物的具体的姿、色、味等而不标其名字。例如王安石的《南浦》一诗：“南浦东岗二月时，物华撩我有新诗。含风鸭绿粼粼起，异日鹅黄袅袅垂。”其诗中的三句和四句就是用讳名法写成的。王安石曾曰：“含风鸭绿粼粼起，异日鹅黄袅袅垂”诗含水柳之名也。前句用“鸭绿粼粼”点描了在风的吹拂下的水的风度，后句用“鹅黄袅袅”绘写了在日光照应下“柳”的姿态。再如王安石的《木末》云：“缲成白雪桑重绿，割尽黄云稻正青。”其中白雪言丝，黄云言麦，也不言其名。

四十七、摄影描写法。所谓摄影描写法，就是像摄影一样，按照事物的本来面貌用文字符号表达出来，也就是通常所说的白描法。值得注意的是用白描法写诗，用摄影赋描法写诗，不能用普通的摄影者的眼光，而是要用摄影艺术家的眼光，用诗人的眼光去拍摄。也就是说，所白描的景物，一定要有深度，一定要有弦外之音，而不是随随便便无论什么景物都可以白描成诗的。例如元微之的《行宫绝句》：“寥落古行宫，宫花寂寞红。白头宫女在，闲坐说玄宗。”就是一首用白描手法写成的传世名品。其诗全是用“赋”的话语白描出来的，没有一个比喻，也未用“兴”的手法，但读来很有张力，给以很大的想象空间。拙作《中国心》：“见面无虚话，江山肺腑间。不聊中美事，就是说台湾。”也给人以无尽联想。

四十八、联想构思法。所谓联想构思法，就是诗人借助联想，在一首诗中，将各个事物之间的形、行、意、音等全部或部分相似之处，顺理成章地全方位导引出来，也就是说，这种诗是借助比喻和联想写出来的。例如拙作《五绝·好时节》：“椿芽鸡赤冠，呼莅艳阳天。光亮焕华夏，江山春满园。”就是用联想构思法写出来的。起初我看见了赤色香椿树芽，便想起了红公鸡头上的冠子，于是就吟成了“椿芽鸡赤冠”。提起了公鸡就想起了鸡叫，想起鸡叫就想起日出，于是“呼莅艳阳天”的句子便冲口而出。提起艳阳天便想起了中国共产党，便想起党的光辉，是党的光辉，党的光亮焕发古老中国的活力，于是第三句“光亮焕华夏”便诞生了。那么焕发出无限活力的华夏是什么样子的呢，于是“江山满园春”的各种生动的人文景象和自然景象便涌现到我的眼前。为了平仄关系，我只能将“满园春”倒装成“春满园”。这首诗就是这样，一步一步，借助事物间相似或半相似之处串联写成，读来自然，并无斧痕之嫌。

后　记

当提笔写这篇后记时，我在这个世界已整整荡漾了八十年又一个月。不叹人生苦短，不欣自身尚健，三句不离本行，难越所爱，还是谈我与文学、我与诗文之几十年的交往吧！

提起我与文学和诗，首先得感谢一个人和一本书。一个人是鲁迅，一本书是《辩证唯物主义》。前者让我立志从文，长大后当一名作家。那是抗日战争中期的一九四三年，当时我十二岁，上小学四年级，一次老师讲鲁迅的名作《野草》，老师说，鲁迅不说窗外有两棵枣树，而说窗外有两棵树，一棵是枣树，另一棵也是枣树。当时的老师没有说这样表述的象征意义，只是说大作家说话写文章，讲究俏皮，新鲜，和一般人不一样，就在这一刹那，不知为什么，我便暗下决心，长大后要当一名鲁迅那样的作家。

再说我与辩证唯物主义的关系。从青年时代起，我就是一个爱追根究底的主儿。一九五〇年我在闫景中学就读，对于当时的土地改革，有人说好，有人说不好，社会上不同阶层者，各说各的理，在学校除了老师讲的土改的必要性外，让我彻底解决问题的是读了刘少奇的有关阶级论的文章，应该站在无产阶级和劳苦大众的立场看待土地问题。因无产阶级是最先进的阶级。但为什么无产阶级是最先进的阶级？是在五六年系统精读了马列主义哲学——辩证唯物主义之后，书中说，在人类历史发展长河中，凡是推动历史前进的阶级和个人，才是最先进的。正如辩证唯物主义所倡导的实事求是，令我终生难忘的是土地改革后，家中生活困难上不起学，我们的党并没有因为我出身不好，另眼看待，每月还多给30斤小米的膳食助学补贴。辩证唯物主义像鲁迅的《野草》一样，让我受益终生。它不仅使我的思想唯物论了，而且使我的想问题的方法由古板而辩证化了，具体来讲，它不仅提高了我对事物的理解力、想象力和判断力，而且提高了我对事物发展的预见力，语言表达力和各种写作样式的驾驭力，一句话，唯物哲学敏捷了我的悟性。是它，这座日夜熠熠闪光的灯塔，照耀着我的工作，指导着我的饮食起居，引领着我的笔墨，从胜利走向胜利，顺利地走到了八十岁的今天。

言归正传，现在来谈我与文学，主要谈我与诗的交往。我与诗结缘，是从旧体诗词起步的。一九五八年，在万荣县干部职工红专大学担任教师的我，一时心血来潮，信笔写了一首七律《喜雨》，在有关报刊发表后，即引起了不小轰动（今天看来不过是一篇可供贴堂的好作文而已），便一发不可收，写了不少旧体诗词。不久受毛泽东在给《诗刊》主编臧克家的信上提出的旧体诗不宜在青年中提倡的影响，即“弃旧图新”转而写新诗了。上山入海、顶风冒雪，日夜兼程、醒梦奔走，如此闹腾了四年，果然大有成效。一九六三年国庆十五周年前夕，我给省刊《火花》一次寄去20首新诗，不几天即喜讯传来，编辑用毛笔对诗稿大加赞赏，说不仅政治性强，而且艺术性巧，并说决定全部刊发，只是要我去一份个人简历，我即写了寄去，但等佳音，谁知等来的却是稿件的“完璧归赵”。当时我三十一岁，因年龄大，刚办完退团手续不久，就因成分高诗稿未能刊出。此后搁笔十年，七十年代以后重又拿起笔，不过稿件只能在县级和地区一些非正式刊物上发表。

关于旧体诗词的重新开始，是在2005年8月。自1980年我的新诗的放胆创作，到2004年不仅在省市等刊发了近300首新诗，参加了省作家协会，在全国多次获奖，在《诗刊》增刊号上发了诗，2004年还参加了《诗刊》改稿会，虽然也有稿件备用，但终未刊出。为了正式登上《诗刊》，几年来，我不仅坚持用写新诗技巧去写旧体诗，而且潜心研究总结出四十多种古今名诗名句的选材、构思、语言等技巧，并运用于自己的旧体诗创作实践，经过五年来奋斗，终于有三首绝句在《诗刊》上半月2010年5月号得以刊出。

诗要想写好，得付出一定的代价。欲编出一部可心的诗集，也并非易事。拙书从初稿到定编，已历时三春。从书名到集名，从每首诗的言外之意之情到艺术手法等，都是经过多次修改，才定下来的。以书名与集名的关系为例：原集名“常青的祖国”、“常青的山水”、“常青的人物”、“常青的风物”和“常青的诗心”，后有文友提出，书名与集名，均用一个“青”字串连，给人一种支冗的感受，且各集名也不够鲜嫩，经再三斟酌，方改为六集：即“情空之雁阵”、“微笑之山水”、“醒神之闲茶”、“多味之风采”、“梦色之境界”和“阳光之雅怀”。

最后，让我以崇敬的心绪，向给此书的面世作出种种劳作的文朋诗友，省《难老泉声》主编时新，运城地区原文联主席老同学孙思义，诗友杨峰、阎守勤、杨文玄、卫立业、关英才、谢望平等表示诚挚的深深的谢意。

二〇一二年七月十六日至七月二十四日

图书在版编目（CIP）数据

常青斋诗稿 / 陈加文著. —太原：三晋出版社，2013.12
ISBN 978-7-5457-0714-4

I. ①常… Ⅱ. ①陈… Ⅲ. ①诗集 — 中国 — 当代
Ⅳ. ①I227

中国版本图书馆CIP数据核字（2014）第000487号

常青斋诗稿

著　　者：陈加文
责任编辑：张仲伟
助理编辑：周　雨

出 版 者：山西出版传媒集团·三晋出版社（原山西古籍出版社）
地　　址：太原市建设南路21号
邮　　编：030012
电　　话：0351-4922268　（发行中心）
　　　　　0351-4956036　（综合办）
　　　　　0351-4922203　（印制部）
E-mail：sj@sxpmg.com
网　　址：http://sjs.sxpmg.com

经 销 者：新华书店
承 印 者：山西立方印业有限公司

开　　本：787mm × 960mm　1/16
印　　张：11.25
字　　数：60千字
版　　次：2014年3月　第1版
印　　次：2014年3月　第1次印刷
书　　号：ISBN 978-7-5457-0714-4
定　　价：36.00元